FANPRO

FanPro
Band 61004

Titel des amerikanischen Originals:
A QUEST FOR SIMBILIS
Übersetzung von Lore Strassl

Titelbild: Martina Pilcerova
Redaktion: Werner Fuchs
Satz und Layout: Ralf Berszuck
Umschlaggestaltung: Ralf Berszuck
Druck und Bindung: CPI – Ebner & Spiegel, Ulm

Besuchen Sie unsere Website
http://www.fanpro.com

Printed in the Czech Republic

ISBN 978-389064-470-7

Michael Shea

Cugel in der Unterwelt

1. Cugel der Schlaue

Cugel der Schlaue stand am Strand und starrte hinaus auf das Meer, auf dem sich der letzte blutrote Schein der sterbenden Sonne spiegelte. Diesmal, sagte er sich, würde er nicht die Landroute nehmen, sondern die See von Cutz bis zu ihrer Südküste überqueren und sich von da aus nach Almery auf den Weg machen. Und wenn er dort ankam, würde er Iouconnou, den Lachenden Magier, töten.

Als er das letzte Mal von hier nach Almery reiste, hatte er viele Monate gebraucht. Vielleicht war der Seeweg schneller – noch gefährlicher konnte er gewiss nicht sein.

Er drehte dem Strand den Rücken zu, um einen Unterschlupf für die Nacht zu suchen, und fand auch ziemlich schnell eine Mulde, die ringsum von Wolfsmilchsträuchern und wildem Hanf geschützt war. Er gestattete sich kein Feuer, denn das würde seine Anwesenheit verraten, und fror deshalb entsetzlich auf seinem unbequemen steinernen Lager. Das empfand er als doppelt unangenehm, denn vor wenigen Tagen noch hatte er in Iouconnous weichem Bett geschlafen – und war Herr über das stattliche Landhaus des Lachenden Magiers gewesen.

Cugel stieß einen wilden Fluch aus. Es verbesserte seine Laune auch nicht, als er daran dachte, dass nicht Iouconnou ihn hierher versetzt hatte, sondern er durch sein eigenes Versehen ein zweites Mal in dieser trostlosen Öde gelandet war. Um der Wahrheit die Ehre zu geben: Als Cugel den Magier das letzte Mal gesehen hatte, war dieser in keiner Lage gewesen, irgendjemanden irgendwohin zu befördern, und war völlig auf Cugels Gnade angewiesen. Nein, diese Überlegung machte es wirklich nicht besser. Denn hätte Iouconnou ihn nicht damals hierher verbannt, wäre er, Cugel, nach seiner so schwierigen Rückkehr nach Almery, gar nicht auf die Idee gekommen, sich an dem Magier zu rächen, indem er ihn seinerseits hierher versetzen wollte. Und da ein falsch ausgesprochenes Wort der Beschwörungsformel während seines Racheversuchs ihn, statt Iouconnou, hierher zurückbrachte, war ohne alle Zweifel doch der Lachende Magier schuld an dem Ganzen. Also musste er sich nun doppelt an ihm rächen! So jedenfalls war sein Gedankengang.

Morgen würde er ein Floß bauen, und vielleicht war er schneller zurück, als der Magier ihn erwartete, wenn er überhaupt mit seiner Rückkehr rechnete. Natürlich war mit Iouconnou nicht zu spaßen, aber mit dem Überraschungsmoment konnte er ihn vermutlich überwältigen. Nicht umsonst nannte man ihn schließlich Cugel, den Schlauen.

Mumber Sull war Than des Fischerstädtchens Icthyll an der Südküste der See von Cutz, so wie sein Vater und seine Vorväter vor ihm. Wie sie es schon jeden Tag getan hatten, kletterte er am frühen Morgen die Steintreppe an den Klippen hoch. Er hatte sich mit der aufgehenden Sonne erhoben und gefrühstückt, dann war er dieselben Stufen hinuntergestiegen, um im Hafen nach dem Rechten zu sehen. Jetzt kehrte er zu den steinernen Bauten Icthylls hoch oben auf den Klippen zurück, wo er als nächste Amtshandlung die Stadttaverne aufschließen würde. Hier saßen täglich die Ratsherrn bis zum Sonnenuntergang zusammen, um sich über die Bedeutung des Lebens zu unterhalten und um Skubba zu spielen. Erwartungsvoll tätschelte Sull den Lederbeutel mit Skubbastücken an seinem Gürtel. Es handelte sich dabei um kunstvoll gearbeitete Edelsteine von großem Wert, die ihm, dem Hafenthan, bei seiner Amtseinführung zu treuen Händen übergeben worden waren.

Als er sich der Taverne näherte, wartete bereits die übliche Gruppe der Ratsherrn vor der Tür. Aber diesmal waren sie nicht allein. Eine ungewöhnliche Menschenmenge – Fischer, Frauen und Kinder –, die ganze Stadt drängte sich offenbar auf dem Platz zusammen. Doch ihr Interesse galt nicht der Taverne. Sie starrten gerade in die entgegengesetzte Richtung.

Zwei Trolle – mit weißer Haut und jeder gut vier Meter fünfzig groß – stapelten Steine auf einen Haufen. Die Steine rissen sie aus den nächstliegenden Häusern und aus dem Pflaster. Ein prunkvoll gekleideter Fremder beobachtete sowohl sie als auch die gaffenden Städter mit gleichgültiger Miene. Hin und wieder rief er den Trollen einen Befehl zu. Mumber Sull schritt auf ihn zu.

»Wer seid Ihr? Unterstehen Euch diese wandalischen Kreaturen? Sie müssen sofort einhalten!«

Der Fremde hob die Brauen und spielte mit einer Quaste, die von seinem Kragen baumelte. »Natürlich bin ich zu Erklärungen bereit«, sagte er mit gedehnter Stimme. »Meine Arbeiter tragen hier das Material für einen Leuchtturm zusammen, wie mein Herr aus dem Haus der Slaye bestimmte, das vor kurzem die Oberherrschaft über Cil übernahm. Er benötigt eine Kette von Leuchttürmen für die Sicherheit seiner Schiffe.«

»Slaye? Cil? Die Oberherrschaft?« Sull beobachtete, wie einer der Trolle die Westmauer der Gildenhalle demolierte. Er wandte sich aufgebracht wieder dem Fremden zu. »Habt Ihr den Verstand verloren? Ist es Euch nicht in den Sinn gekommen, erst die Genehmigung des obersten Regierungsbeamten einzuholen?«

»Oberster Regierungsbeamter?«, wiederholte der Fremde schläfrig.

»Das bin ich!«, donnerte Sull. Er deutete auf seinen Ohrlappen, der von beachtlicher Größe und in der Form eines S war. Ein kleiner silberner Ohrring diente offenbar als Schmuck. »Ihr werdet bemerken«, Sull betonte jedes Wort, »dass ich das Zeichen Simbilis' XVI. trage, der es nach seinem Sieg über die Unterweltliga im achtzehnten Äon meiner Familie als von Vater an Erstgeborenen vererbbar verlieh.«

»Ein hübsches Ding«, gähnte der Eindringling. »Ist es Silber?«

»Das Zeichen«, knirschte Sull, »ist der Ohrlappen selbst, der beweist, dass ...«

»Verschont mich mit ermüdenden Einzelheiten. Ich versichere Euch, Eure Entrüstung ist unnötig. Jeglicher Schaden, den meine Arbeiter verursachen, wird voll kompensiert. Icthyll wird zu seinen Reparationen in Form von Steuerbefreiungen durch die Kolonialregierung kommen, die wir heute Nachmittag erwarten.«

»Kolonialregierung?«

»Ihre Beauftragten werden das Steuer- und Zehntrecht erläutern, und die Arbeitsleistungen, die von jedem Bürger zur Unterhaltung des Leuchtturms erforderlich sind, sobald meine Arbeiter ihn errichtet haben.«

»Ja, begreift Ihr denn die Situation hier immer noch nicht? Icthyll hat seine eigene Regierung, seine Verwaltung, deren Oberhaupt ich bin. Und ich spreche im Namen aller Bürger, wenn ich sage, dass die herrschenden Finanz- und politischen Einrichtungen absolut zufriedenstellend sind. Eure Einmischung hier ist absolut unerwünscht.« Er wandte sich an die Gaffenden, die voll offensichtlicher Bewunderung den starken Trollen zusahen.

»Mitbürger!«, rief der Than verärgert. »Schämt ihr euch nicht, es einfach hinzunehmen, dass diese Kreaturen unsere Stadt verwüsten? Habt ihr jeglichen Stolz ...«

»Einen Augenblick!« Der Fremde wirkte plötzlich gar nicht mehr schläfrig. »Ich muss Euch vor aufrührerischen Reden warnen. Mein Herr, der Lord von Slaye, ist zwar die personifizierte Güte, aber er hat wenig Verständnis für Auflehnung.«

»Verständnis?«, wütete Mumber Sull. »Mein Verständnis ist es, das er über Gebühr strapaziert. Bricht er böswillig den Vertrag, der zwischen seinem Vorfahren – Pandu Slaye – und Simbilis, dessen getreuer Vasall ich bin, abgeschlossen wurde? Das Herrschaftsgebiet der Slaye ist auf die Nordküste der See von Cutz beschränkt, während die gesamte Südküste Simbilis gehört.«

»Ah, ich sehe, Ihr seid Gelehrter der historischen Geheimnisse«, brummte der Fremde. »Natürlich respektiert mein Lord von Slaye die Vorherrschaft Simbilis' in diesem Gebiet. Es wäre selbst für den größten Zauberer Wahnsinn, sich gegen diesen gefürchteten Namen aufzulehnen. Aber es ist undenkbar, dass der Erzzauberer noch lebt. Und sollte er es noch, wo ist er zu finden? Sein Aufenthaltsort ist seit Äonen unbekannt. Mein Lord von Slaye nimmt sich lediglich eines aufgegebenen Besitztums an.«

»Undenkbar, dass Simbilis noch lebt!«, schnaubte der Than. »Hätte ein so großer Mann wie er sterben können, ohne dass es bekannt geworden wäre? Nie erwachte auch nur ein entsprechendes Gerücht. Für einen von Simbilis' Macht sind die Äonen wie Dekaden.«

»Nun, wenn Ihr meint, dann glaubt an diese Phantastereien.«

Eine Bewegung in der Menge lenkte Sülls Aufmerksamkeit auf sich. Die Menschen machten für einen der Trolle Platz, der sich der Taverne näherte. »Halt!«, brüllte der Than und sprang vorwärts. Der Troll riss den Giebel von dem Bauwerk. Sull sah rot vor Wut. Er sprang das hässliche weiße Wesen an. Der Troll packte ihn am Kragen und brachte ihn auf des Fremden Befehl zu ihm zurück.

»Eure offenen Sabotageversuche zwingen mich, Euch im Namen des Lords von Slaye aus diesem Gebiet zu verbannen«, erklärte er. Der Than wand sich vergeblich im Griff der Kreatur. Der Fremde rief auch den zweiten Troll herbei. Dann trugen ihn beide – einer an den Armen, der andere an den Beinen, den Kopf nach unten, zur Treppe. Jetzt fingen sie an, ihn mehrmals über den Rand der Klippen zu schwingen. Mit weit aufgerissenen Augen starrte Sull die hundert Meter hinunter auf die gegen die Klippen tosende Brandung.

»Die Trolle haben den Auftrag«, erklärte der Fremde dem Than, »Euch weit über die Felsen hinweg ins Meer zu schleudern. Dadurch werdet Ihr den Sturz möglicherweise überleben und könnt versuchen, Beweise für Eure Ansprüche herbeizuschaffen, indem Ihr Simbilis findet.«

Genau das werde ich auch tun, nahm sich der Than vor, als er in hohem Bogen durch die Luft flog.

Auf der Suche nach Simbilis konnte sich Mumber Sull lediglich nach alten Legenden richten, die besagten, dass sich der Erzzauberer nach den Kriegen gegen die Unterweltliga an die Westküste zurückgezogen hatte.

Heute war bereits sein vierter Tag auf See. Niemand hatte ihn gehindert, sich eines der Boote im Hafen zu nehmen, als er starr vor Kälte, vier Stunden nach seinem Sturz ins Wasser, die Küste schwimmend erreichte. Sogar mit Proviant konnte er sich ungesehen versorgen. Im Augenblick war er hungrig. Es war Mittag und daher Zeit zum Essen. Er machte es sich eben mittschiffs bequem, als er steuerbord voraus ein kleines Segel sichtete. Glücklicherweise handelte es sich nicht um blutrünstige Piraten, wie er schon befürchtet hatte, sondern offenbar um einen Schiffbrüchigen, der noch dazu bewusstlos war. Der Mann lag mit dem Kopf nach unten auf einem Floß, dessen Mast ein gebrochenes Paddel und dessen Segel ein zerfetztes Hemd war.

Sull gelang es, ihn auf die Schaluppe zu schaffen. Er flößte ihm Wasser ein. Sobald der hagere Fremde das Bewusstsein wiedererlangt hatte, aß er herzhaft von dem angebotenen Dörrfleisch und dem Trockenbrot.

»Ihr erholt Euch aber schnell«, staunte der Than.

»Noch ein wenig Eurer vorzüglichen Stärkung, und ich bin wie neugeboren«, erwiderte der Fremde. Er schien zwar längere Zeit nichts mehr gegessen zu haben und war vermutlich deshalb so hager, trotzdem wirkte er kraftstrotzend. Seine dunklen Brauen wölbten sich über schwarzen Augen, die humorvoll und freundlich in die Welt blickten. Im Großen und Ganzen erinnerte sein längliches kluges Gesicht an einen verschmitzten Fuchs.

Er strich sich über den vollen Bauch und lehnte sich zufrieden zurück. »Eure Hilfe kam gerade zur rechten Zeit. Als ich vor einer beträchtlichen Weile meine Reise antrat, brach ich in großer Eile und nicht sonderlich gut ausgerüstet auf. Seit dem Verlust meines Steuerruders während eines Kampfes gegen ein Riesenwasserinsekt trieb ich dahin. Wie lange? Ich weiß es nicht. Führt Euer Kurs Euch vielleicht südwärts?«

»Durchaus nicht. Ich segle gen Westen.«

»Zu dumm. Ich muss in den Süden. Habt Ihr schon von Almery gehört?«

»Noch nie. Ich bin auf dem Weg nach Grag, an der Westküste dieses Meeres. Ich suche Wiedergutmachung für ein infames Unrecht, das mir durch gewisse Gesetzesübertreter zugefügt wurde.«

»Ist das nicht ein erstaunlicher Zufall!«, rief der Fremde. »Ihr reist, wie ich, um Vergeltung zu finden. Gestattet mir, mich vorzustellen. Ich bin Cugel der Schlaue.«

»Ich bin Mumber Sull, Hafenthan von Icthyll.«

»Hochwohlgeborener Than, sollte die Ähnlichkeit unseres Reisezwecks nicht als Omen anzusehen sein? Zweifellos ist es vorherbestimmt, dass wir einander unterstützen. Kommt in den Süden mit mir, helft mir, Almery zu erreichen, und Iouconnou, den Lachenden Magier, zu bestrafen. Danach bin ich gern bereit, Euch zu begleiten und Euch behilflich zu sein, Eure Vergeltung zu finden.«

Mumber Sull schüttelte den Kopf. »Auch mir gefällt die Idee, einander zu unterstützen. Aber es wäre Unsinn, den Unbedeutenderen vor dem Bedeutenden zu suchen. Wer immer dieser Iouconnou sein mag, er kann nur geringer sein als Simbilis, der größte aller Zauberer. Deshalb müssen wir zuerst ihn suchen.«

»Eure Ansicht scheint mir bedauernswert selbstsüchtig. Mein Bedürfnis, Iouconnou zu bestrafen, ist dringend. Eine Reise in den Westen würde das Ganze ungemein verzögern. Es ist Narretei, mein Unternehmen zu verschieben, wenn die Sonne jeden Augenblick für immer erlöschen mag.«

»Eure Unverschämtheit ist unübertrefflich«, erwiderte der Than mit gerunzelter Stirn. »Wie könnt Ihr außerdem von einer Reise zu Simbilis als von einer Verzögerung Eurer Wünsche sprechen? Gibt es irgendetwas, das Simbilis nicht für jene tun kann, die seine Hilfe erbitten?«

Cugel strich sich über das Kinn. »Wollt Ihr damit andeuten, dass Ihr Anspruch auf die Großzügigkeit dieses Zauberers habt?«

»Warum nicht? Bin ich nicht sein Vasall, Träger seines erblichen Zeichens?« Er deutete auf seinen linken Ohrlappen und erklärte Cugel dessen Bedeutung. »Setze ich mich nicht noch dazu großen Gefahren und Strapazen aus, indem ich ihn suche, um ihn von der Übertretung in seinem Herrschaftsgebiet zu unterrichten? Abgesehen davon, Simbilis' Großzügigkeit ist legendär.«

»Glaubt Ihr, sie würde so weit gehen, seinen Dienern gewisse Möglichkeiten zur Ausübung von Strafmaßnahmen zu gewähren?«

»Zweifellos. Ich selbst beabsichtige eine bescheidene Bitte dieser Art zu stellen.«

»Wer ist dieser Simbilis überhaupt? Sein Name ist in Almery völlig unbekannt.«

Mumber Sull staunte. »Ihr müsst wahrhaftig von sehr weit herkommen.« Er machte eine weit ausholende Geste. »Simbilis schuf diesen Ozean, auf dem wir segeln. Früher war dies hier das große Tal von Cutz, mit unzähligen prunkvollen Städten. Aber im achtzehnten Äon schlossen sich gewisse Mächte der Unterwelt zu einer Liga zusammen, um die Oberwelt zu erobern. Durch seine Zauberkräfte erfuhr Simbilis, der Erzzauberer, davon. Er überzeugte Pandu Slaye und Tarion, den Grimmigen, von der Gefahr und schloss ein Bündnis zur Bekämpfung der Invasoren mit ihnen.

Der Krieg dauerte mehrere Generationen. Die letzte Schlacht fand Meilen unter uns am Boden des Tales statt. Simbilis und seine Verbündeten gingen als Sieger hervor, aber das Tal war eine einzige Ruine. Der Erzzauberer erlegte deshalb den Besiegten auf, das Tal einzudämmen und verschiedene Flüsse zu dem neuen Damm umzuleiten. So kam es zu der jetzigen See von Cutz.

Tarion erlag seinen Kriegsverwundungen. Simbilis und Slaye teilten das neue Meeresgebiet unter sich auf. Der Zauberer nahm die Südküste und baute dort Städte – Icthyll unter anderen –, um die Flüchtlinge aus den zerstörten Gebieten aufzunehmen. Slaye ließ sich an der Nordküste nieder. Seine Nachfolger sind es, die nun Simbilis' Städte an sich reißen wollen. Der Erzzauberer selbst zog sich nach Beendigung seiner Aufbauarbeiten in die Stadt Grag im Westen zurück. Das ist das Ziel meiner Reise.«

»Ich kann mir nicht vorstellen, dass Euer Simbilis nach all diesen Äonen noch am Leben ist.«

Mumber Sull machte ein finsteres Gesicht. »Es hätte bekannt werden müssen, wenn ein Mann seiner Größe gestorben wäre.«

Cugel hielt Sülls Folgerung nicht für sehr überzeugend. Aber er war noch zu schwach, seinen Willen mit Gewalt durchzusetzen. Außerdem war das Schlimmste, was passieren konnte, wenn er den Than nach Grag begleitete, dass Simbilis tatsächlich nicht mehr lebte. In diesem Fall befand er, Cugel, sich zumindest in einer zivilisierten Gegend, wo er vielleicht neue Transportmöglichkeiten für seine Reise in den Süden finden mochte. Falls Simbilis aber wirklich noch am Leben war, konnte er für seinen kleinen Umweg beträchtliche Vorteile erwarten.

»Gut«, sagte er schließlich. »Ich bin mit einer Partnerschaft einverstanden und werde Euch helfen, Simbilis zu suchen.«

Der Than schüttelte den Kopf. »Die Würde meines hohen Standes verbietet mir die formlose Kameradschaft einer Partnerschaft. Ich könnte Eure Hilfe nur annehmen, wenn Ihr damit einverstanden seid, dass ich Euch zu meinem Lehnsmann ernenne. Als mein Vasall werdet Ihr natürlich gleichzeitig auch Simbilis' Vasall und habt einen Anspruch auf seine Belohnung.«

Die Idee sagte Cugel nicht sonderlich zu, aber für die Garantie der Erfüllung seiner Wünsche war sie in Kauf zu nehmen.

»Seid Ihr denn sicher, dass sich der Zauberer in Grag aufhält?«

»Wenn es eine absolute Gewissheit wäre, brauchte ich Eure Dienste wohl kaum in Anspruch zu nehmen. Die Wahrscheinlichkeit spricht jedoch dafür, und als mein Lehnsmann habt Ihr Euch in diesem Fall viele Vorteile für wenig wirklich Geleistetes verschafft. Sollte es sich jedoch herausstellen, dass Simbilis sich anderswo zurückgezogen hat, seid Ihr mir natürlich zu einer längeren Suche verpflichtet. Es ist Euch selbstverständlich freigestellt, mein Angebot abzulehnen. Ich bringe Euch dann nur nach Grag, doch Ihr habt jedes Recht auf Hilfe durch Simbilis, falls er dort ist, verloren.«

Cugel ließ sich zum Lehnsmann des Thans schlagen.

Einen Monat später erreichte das Paar die Stadt Grag, von deren ehemaliger Herrlichkeit nicht viel geblieben war. Die Bürger waren mundfaul und wenig hilfsbereit, als Mumber Sull ihnen einige Fragen stellte. Erst in einer Herberge, wo sie sich an Speis und Trank gütlich taten, hatten sie mehr Glück.

Nach dem Essen winkte Mumber Sull den Wirt herbei. »Sagt mir, guter Mann, könnt Ihr mir verraten, wo Simbilis zu finden ist?«

Der Wirt starrte ihn erstaunt an. »Wo schon! Fragt Ihr wahrhaftig im Ernst?«

»Ihr wundert Euch über unser Unwissen?« Sull lächelte. »Wir sind Fremde hier und kommen von weit her, um den Erzzauberer zu sprechen. In welchem Stadtteil wohnt er?«

Der Wirt betrachtete Mumber Sull einen Augenblick nachdenklich, dann setzte er sich zu ihnen an den Tisch. »Meine Herren«, meinte er. »Ihr müsst wahrhaftig von weither kommen. Simbilis lebt schon lange nicht mehr in der Stadt. Er verließ sie vor Äonen.«

»Welche Enttäuschung! Kennt Ihr vielleicht seinen gegenwärtigen Aufenthalt?«

Der Wirt blickte sich vorsichtig um, dann lehnte er sich näher. »Ihr habt Glück, in mir einen Mann zu treffen, der Näheres weiß über Simbilis' Ziel, als er die Stadt verließ. Durch Zufall gelangte in einem Trödlerladen eine alte Schriftrolle in meinen Besitz. Doch meint Ihr nicht, dass für eine so wertvolle Auskunft eine gewisse Entschädigung angebracht wäre?«

Sull nickte steif. »Ich habe zwar kein Gold, doch etwas anderes, das Euch zusagen wird.« Er zog eines der Skubbastücke heraus und blickte gen Himmel. »Der Zweck, dem ich es zuführen werde, ist nicht privat, sondern im Interesse der Öffentlichkeit Icthylls, da es dazu beitragen soll, die gegen die Stadt begangenen Frevel wiedergutzumachen.«

Der Than bewies, dass er viel Geschick zum Feilschen hatte. Er erstand für das Juwel nicht nur die gewünschte Auskunft, sondern auch einen Beutel mit Goldmünzen.

»Ich erfuhr aus der Schriftrolle«, begann der Wirt, »dass Simbilis in einer Abschiedsrede bekannt gab, er beabsichtige sich in das Tal des Zoos zurückzuziehen, um dort eine Verbindungsstraße zwischen Ober- und

Unterwelt zu bauen, damit ein reger Handel weitere Kriege zwischen dem Reich der Menschen und dem der Dämonen abwenden möge.«

»Und wo liegt dieses Tal des Zoos?«, fragte Sull aufgeregt.

Der Wirt zuckte die Schultern. »Irgendwo im Westen. Mehr weiß ich leider nicht. Es kommt nie jemand von dort hierher, und wenige reisen westwärts. Jene, die es doch wagen, kehren nicht zurück. Fest steht nur, dass die Berge westlich von Grag ungemein gefährlich sind.«

Nachdem sich der Wirt zurückgezogen hatte, nahmen Sull und sein Lehnsherr in der Stadt ein Bad und ließen sich mit frischer Kleidung versorgen. Am Abend kehrten sie zum Essen in die Herberge zurück. Sie hatten ihre Mahlzeit noch nicht beendet, als eine Gruppe rotuniformierter Männer in schwarzen Stiefeln und mit schwarzen Lederumhängen eintrat. Ihr Führer, ein rotgesichtiger kräftiger Mann, verhandelte mit dem Wirt, dann schob die Gruppe mehrere Tische zusammen und setzte sich an eine Seite davon. Nur ihr Führer, genau in der Mitte, blieb stehen. Abschätzend ließ er seine Augen über alle Anwesenden schweifen und begann eine laute Ansprache zu halten, deren Thema eine Kannibalenfestung in den Bergen westlich von Grag war.

»Passt auf«, flüsterte Sull seinem Lehnsmann zu. »Er spricht von der Richtung, in die wir reisen müssen.«

»Ihr habt alle von den Kannibalen gehört, die der Hauptgrund sind, dass keiner zurückkehrt, der sich in den Westen wagt. Mit der Menge an Menschenfleisch, die diese Ungeheuer vertilgt haben, wuchs ihr Reichtum, den sie ihren Opfern abnahmen. Das Gold, die Juwelen und andere Kostbarkeiten häufen sich in ihrem stinkigen Fort.« Er hielt inne, und ein Murmeln ging durch die Zuhörer.

Mit dramatischer Geste schwang er eine vergilbte Schriftrolle und rief: »Seht her. Diese Karte gibt uns sowohl eine Möglichkeit, mit diesen Anthropophagen aufzuräumen, als auch zu ihrer Beute zu kommen. Wie ihr vielleicht bereits erkannt habt, sind wir die Bruderschaft der Befreier, deren Ziel es ist, die un- und nichtmenschlichen Wesen auszurotten, die eine Gefahr für die Menschheit darstellen. Durch einen glücklichen Zufall gelangten wir in den Besitz dieser Karte, und wir kamen hierher, damit die ehrenwerten Bürger Grags die Ersten sein mögen, die von ihr profitieren, da gerade aus ihren Reihen die meisten Opfer kamen. Wer sonst hätte einen größeren Anspruch auf Rache und auf einen Anteil der Beute?«

»Welche Art von Karte ist denn das?«, rief einer der Gäste.

»Es ist eine Karte der Kannibalenfestung, auf der ein Geheimgang ins Innere eingezeichnet ist. Dieser Geheimgang ist von außen leicht zu finden und macht ein Eindringen in die Festung völlig ungefährlich. Es ist jedoch angebracht, einen größeren Kampftrupp zusammenzustellen, damit keiner der Kannibalen eine Chance hat, zu entkommen. Aus diesem Grund sind wir bereit, aus den Reihen der Bürger von Grag neue Brüder aufzunehmen. Es ist nur eine geringe Summe als Eintrittsbeitrag erforderlich, für die der Rekrut als Schutz und zur Uniformierung ein schwarzes Ledercape erhält, ähnlich dem, das wir tragen. Packtiere und alles andere für die Expedition Erforderliche stellt die Bruderschaft. Der Aufbruch erfolgt morgen ganz früh.«

Die Aussicht auf eine reiche Beute ließ fast alle der Anwesenden zur Einschreibung an den Tisch eilen. Mumber Sull überlegte, dann fragte er den Führer, der sich Verdulga nannte, ob sie sich als Außenstehende der

Karawane anschließen dürften, da er mit seinem Lehnsmann beabsichtigte, in dieselbe Richtung zu reisen, und mit so vielen tapferen Helden wäre doch größere Sicherheit gewährleistet.

Die Bitte wurde ihm gnädigst gestattet, und der Than erzählte Verdulga lang und breit von seiner Mission.

Cugel hatte genug von dem Ganzen. Schweigend verließ er die Tafel, an der sich die neuen Verbündeten niedergelassen hatten, um zu feiern, und trat hinaus in den Hof. Einer der uniformierten Brüder fütterte gerade die Packtiere. Um die Zeit zu vertreiben, unterhielt Cugel sich ein wenig mit ihm, aber auch nicht ohne Hintergedanken. »Es ist nicht leicht, einem verrückten Herrn zu dienen, der einem Wunschtraum nachjagt«, seufzte er.

»Ihr begleitet ihn nicht freiwillig?«, fragte der drahtige kleine Mann, der sich als Trogl vorgestellt hatte.

»Unsere Interessen liegen in verschiedenen Richtungen. Mein eigenes Ziel ist im Süden. Obgleich die versprochene Belohnung verlockend ist, bin ich nicht sehr erfreut, einen noch größeren Umweg machen zu müssen. Ich möchte von hier aus direkt in den Süden reisen, doch dazu benötige ich ein Reittier und Verpflegung für unterwegs.«

Trogl ließ durchblicken, dass eventuell eines oder auch zwei der Packtiere zu haben seien, zu einem bestimmten Preis, natürlich. Cugel dachte an das Gold und die Juwelen des Thans, die mit ein wenig Geschick bald in seinen Besitz überwechseln würden, und erklärte sich zu einem Handel mit dem Bruder bereit.

»Ich bin sicher, dass wir einander helfen können«, meinte Trogl. »Aber Ihr müsst Euch mit einer kleinen Änderung Eurer Pläne abfinden. Es gibt von Grag aus keinen Weg in den Süden. Wenn Ihr jedoch unsere Expedition bis fast an ihr Ziel begleitet, kreuzen wir die große Nord-Süd-Straße. Zu diesem Zeitpunkt werde ich zwei Packtiere mit ausreichend Proviant für Euch bereithalten. Ihr könnt Euch dann unbemerkt absetzen und von dort aus viel schneller in den Süden kommen, als es von Grag aus möglich wäre.«

Cugel war einverstanden, umso mehr, als er dadurch ein wenig Zeit gewann und sich etwas einfallen lassen konnte, wie am besten an Sülls Wertsachen heranzukommen war.

2. Das Kannibalenfort

Am nächsten Morgen verließen sie, Cugel, Sull und Verdulga mit zwölf Unterführern und dreißig Rekrutierten die Herberge. Der Trupp war bei bester Laune, denn Verdulga und seine Mannen kannten viele unterhaltsame Lieder und Witze. Schon bald und dann in kurzen Abständen wurde eine Rast eingelegt und zur Stärkung großzügig Branntwein ausgeschenkt, und zu essen gab es ebenfalls reichlich. Für einen Beobachter musste das Ganze eher den Eindruck eines Sonntagsausflugs denn eines Feldzugs erwecken. Lediglich die teilweise Uniformierung – die neuen Rekruten trugen alle einen schwarzen Lederumhang – verlieh vielleicht ein militärisches Aussehen. Die Umhänge hatten eine enge Kapuze und ein kompliziertes Riemenwerk, das den Rücken herunterbaumelte, und dessen Zweck den Männern zu einem späteren Zeitpunkt erklärt werden sollte. Sull und Cugel trugen diese Umhänge natürlich nicht, denn sie galten als freie Begleiter und gehörten auch jetzt nicht der Bruderschaft an.

Der Than und sein Lehnsmann waren auch nicht betrunken wie die anderen. Mumber Sull war Abstinenzler und bedachte die johlende und grölende Gesellschaft mit Missbilligung, doch Verdulgas Schmeicheleien hielten ihn ansonsten bei guter Laune. Cugel trank nicht, weil er die Vorahnung einer Gefahr hatte. Zuerst war dieses Gefühl nur vage. Er wunderte sich, dass die Bruderschaft in keiner Eile schien und so sorglos war. Wie leicht konnte der Feind Späher ausgesandt haben!

Am fünften Tag verstärkte sich sein Unbehagen. Während einer Rast sah er einen der Unterführer ausrutschen, als er aus einer Quelle trinken wollte. Dabei rutschte ihm die Kapuze herab und entblößte am Hinterkopf eine Kupferscheibe, die im Haar festgesteckt war. Jetzt erst wurde Cugel bewusst, dass er bisher nie einen der Führer ohne Kopfbedeckung gesehen hatte. Aber es war weniger diese Entdeckung, auf die er sich keinen Reim machen konnte, die sein Unbehagen erhöhte, sondern der wilde Blick, den der Unterführer ihm zuwarf, als er sah, dass Cugels Augen auf ihm ruhten.

Am darauffolgenden Tag machte er eine weitere Entdeckung. Als er sich unbeobachtet wähnte, öffnete er eine der Truhen, die angeblich die später auszuhändigenden Waffen für die neuen Rekruten enthielten. Sie war mit Steinen gefüllt, genau wie alle anderen auch, wie er sich sofort vergewisserte.

In ungute Gedanken versunken, wanderte er aus dem Lager. Er achtete nicht auf den Weg und stand plötzlich am Rand eines überhängenden Felsens. Erschrocken ließ er sich auf die Knie fallen und spähte über den Rand hinab, als er ein bedrohliches Knurren hörte. Ein Erb lauerte auf etwas, das Cugel nicht sehen konnte, weil es sich offenbar direkt unter dem Überhang befand. Ein zweiter Erb kam mit dem Hinterteil voraus in Sicht und schloss sich dem ersten an. Die für Cugel nicht sichtbare Beute flößte den gefährlichen Raubtieren offenbar Respekt ein. Beide knurrten und brüllten, zögerten aber, erneut anzugreifen.

Einen Augenblick später machte die Beute einen verzweifelten Versuch, der Falle, in der sie saß, zu entkommen. Es handelte sich um einen ziemlich dürren Mann in zerlumptem Ledergewand. Er schien sich bewusst, dass das Zögern der Tiere nicht mehr lange anhalten würde, und trat mit gezogenem Schwert aus seinem Versteck.

Die Erbs waren offensichtlich völlig ausgehungert. Aus ihren geöffneten Lefzen sickerte orangeroter Verdauungssaft, und ihre schuppigen Reptilleiber wanden sich in Krämpfen. Der Hunger war stärker als ihre Angst. Als der Mann auf sie einstürmte, setzten sie zum Gegenangriff an.

Während Cugel fasziniert hinunterstarrte, gab der morsche Überhang nach. Er stürzte mit ihm herab. Heftig ruderte er mit den Armen, um sein Gleichgewicht zu behalten. Im gleichen Augenblick, als der Felsbrocken den hinteren Erb erschlug, flog Cugel durch die Luft und landete geradewegs auf dem vorderen. Beide gingen zu Boden. Cugel sprang auf und zog blindlings seine Klinge. Er stieß sie dem halb betäubten Tier in den dicken Hals.

»Großartig!«, rief der Fremde. Er steckte sein Schwert in die Scheide zurück und kam näher. »Ich verdanke Euch mein Leben.«

Cugel wehrte bescheiden ab, nahm jedoch die Einladung des anderen an. Er begleitete ihn zu seiner weltabgeschiedenen Steinhütte, die mit dem Fels dahinter verschmolz und aus mehr als dreißig Schritten kaum zu erkennen war. Nach einem ausgiebigen Frühstück aus frischem Lauch und Käse deutete der Gastgeber bedauernd um sich. »Wie Ihr seht, bin ich nicht mit Schätzen gesegnet, deshalb weiß ich nicht, wie ich Euch Eure heldenhafte Tat vergelten kann.«

Cugel blickte sich neugierig um. Überall lagen gebleichte Gebeine, Schädel, Kristalle und Kräuter. »Was macht Ihr mit diesem Zeug?«, fragte er den dürren Mann.

»Ich bin Beinschnitzer – früher einmal ein sehr geachtetes Handwerk, doch heutzutage befasst sich kaum noch einer damit. Ich mache Gebrauchsgegenstände aus Knochen und Mineralen. In Grag gibt es immer noch Kenner, die diesen Artefakten Zauberkraft zuschreiben. An sie verkaufe ich meine Kunstwerke und lebe von ihrem Erlös, allerdings mehr schlecht als recht. Gerade die Hügel, die Ihr mit Eurer Karawane überquert habt, sind reich an Erb- und Grueschädeln, aus denen ich Trinkbecher arbeite. Wisst Ihr denn nicht, dass jetzt die Jahreszeit beginnt, die diese Raubtiere hierher bringt? Besonders von den Erbs kommen täglich neue. Eure fröhliche Gesellschaft befindet sich schon seit Tagen in Gefahr, von hinten angefallen zu werden.«

Cugel hob die Brauen. »Ihr wisst von der Expedition? Aber weshalb warntet Ihr uns dann nicht?«

»Ich mische mich nicht gern in fremde Angelegenheiten und bin wohl auch ein wenig menschenscheu.«

Cugel nickte, dann seufzte er. »Ich kann mir vorstellen, wie sehr es an Euch zehrt, dass Ihr mir Eure Dankbarkeit nicht mit Kleinodien beweisen könnt. Aber vielleicht könntet Ihr mir ein kräftiges Reittier zur Verfügung stellen und Proviant, mit dem ich bis zur Großen Nord-Süd-Straße komme.«

»Ich wollte, ich könnte es, aber ich besitze nichts Derartiges. Von welcher Straße sprecht Ihr?«

»Jene, die sich mit dem Weg kreuzt, den unsere Karawane eingeschlagen hat.«

»Aber eine solche Straße gibt es gar nicht! Ich müsste es wissen, denn ich kenne jeden Weg und Steg in diesen Bergen!«

»Dann bin ich wahrhaftig verraten und verkauft!«, stieß Cugel hervor und lief überlegend in dem kleinen Raum auf und ab.

Der Beinschnitzer schien erfreut. »So kann ich meine Schuld doch begleichen, denn ich sehe, dass man Euch in die Irre geführt hat und Ihr Euch hier nicht auskennt. Schlimmeres gibt es in diesen Bergen nicht, wo überall Gefahren drohen. Indem ich Euch also über Eure Lage aufkläre, erweise ich Euch einen Dienst, der nicht geringer einzuschätzen ist als jener, den Ihr mir erwiesen habt.«

Cugel war zwar nicht seiner Meinung, aber da er durch den Dürren keine anderen Vorteile erringen konnte, bat er ihn um eine Beschreibung der Gegend.

Der Beinschnitzer hielt mit seiner Aufklärung nicht zurück und meinte schließlich, dass möglicherweise von der Wüste aus, die hinter den Bergen begann, ein Weg in den Süden führte – vorher allerdings ganz sicher nicht. Um jedoch in die Wüste zu gelangen, musste erst eine Schlucht überquert werden, die Yawrns Kluft hieß. Es gab eine Brücke darüber, doch musste jeder, der sie überqueren wollte, eine Maut unbekannter Natur bezahlen.

»Was immer auch diese Maut sein mag«, schloss der Beinschnitzer, »die Wahrscheinlichkeit ist gering, dass Ihr die Schlucht überhaupt erreicht. Um dort hinzukommen, müsst Ihr erst an dem Kannibalenfort vorbei. Das wird Euch vermutlich das Leben kosten, denn die Menschenfresser werden in letzter Zeit immer aktiver. Ich verstehe nicht, was Eure Karawane dort überhaupt will.«

»Die meisten ihrer Angehörigen auch nicht, obgleich sie es sich einbilden«, brummte Cugel. »Aber das geht mich nichts an. Ihr habt übersehen, dass ich gar nicht an dem Fort vorbei muss. Ich werde nach Grag zurückkehren, wo es zweifellos eine Straße in den Süden gibt, was eine bestimmte Person abstritt, die ich mir noch vorknöpfen werde, ehe ich aufbreche.«

Der Beinschnitzer schüttelte den Kopf. »Es gibt allerdings von Grag eine Straße – eine erstaunlich sichere sogar –, aber wie ich schon erwähnte, befinden sich die

Raubtiere auf ihrer alljährlichen Wanderschaft in der Gegend. Eine Karawane von der Größe der Euren und ausreichend bewaffnet, könnte es vielleicht die Hälfte der Strecke nach Grag zurück schaffen, ehe auch der letzte den Bestien zum Opfer fällt. Doch ein Mann allein würde keine Stunde überleben.«

In diesem Augenblick drehte der Beinschnitzer, der während seiner Ausführungen die Lederkappe abgenommen hatte, sich so, dass Cugel eine dünne Kupferscheibe sah, die der andere in seinem Haar befestigt hatte.

»Was ist der Zweck dieses Metalldings auf Eurem Kopf?«, fragte Cugel.

Der Beinschnitzer löste und betrachtete es. »Das meint Ihr? Es schützt den Träger vor den Kannibalen. Ihre auf Menschenfleisch ansprechenden Sinne werden durch dieses Kupferstück abgelenkt, das heißt, sie nehmen den Träger überhaupt nicht wahr. Diese Schilde sind die Erfindung eines menschenfreundlichen Zauberers. Sie waren früher weit verbreitet, doch jetzt gibt es sie kaum noch.«

»Ihr könnt mir Eure Dankbarkeit beweisen, indem Ihr mir Eures abtretet«, meinte Cugel.

Entsetzt wehrte der andere ab. Es würde sein Leben kosten, das Cugel ihm gerade erst gerettet hatte, erklärte er, und ließ sich auch nicht überreden.

Cugel überlegte. Der andere war trotz seiner Hagerkeit muskulös und stärker als er, und offenbar ein guter Schwertkämpfer, wie seine Abwehr der beiden Erbs bewiesen hatte. Gewaltanwendung würde ihm demnach nichts einbringen, außer möglicherweise den Tod.

»Eure Undankbarkeit betrübt mich«, sagte er schließlich. »Doch vielleicht könnt Ihr mir wenigstens mit einem Mittel aushelfen, das ausreicht, vierzig Mann in Schlaf zu versetzen?«

»Es soll mir ein Vergnügen sein«, versicherte ihm der Beinschnitzer.

Mit einer größeren Menge Pulver kehrte Cugel ins Lager zurück, wo alle eben ihr frugales Frühstück einnahmen. Seine Abwesenheit war nicht aufgefallen.

Einige Tage verstrichen, während derer die Gesellschaft nicht schneller als bisher vorankam und die Branntweinzuteilung sogar noch verdoppelt wurde. Cugel, der erst jetzt darauf achtete, bemerkte, dass Verdulga und seine Unterführer, die den anderen immer zuprosteten, um sie zu noch größerem Konsum anzuregen, selbst kaum etwas tranken.

Cugel hatte sich Trinkbecher verschafft und machte aus ihrem Boden dreizehn Scheiben von der ungefähren Größe jener, die die Führer unter ihrer Kapuze trugen. Dann wartete er auf seine Chance.

Am vierten Tag nach seinem Besuch bei dem Beinschnitzer erklärte Verdulga, dass sie nur noch einen Tagesmarsch vor sich hätten, ehe sie ihr Ziel erreichten und in den Besitz der gehorteten Reichtümer der Menschenfresser kämen. Das musste natürlich gefeiert werden. In einem unbeachteten Augenblick gelang es Cugel, eine Handvoll des Pulvers in das offene Branntweinfass zu streuen. Den Rest verteilte er unauffällig in die Becher der bereits Angetrunkenen.

Minuten später schliefen bereits alle Rekruten und wenig später auch Verdulga mit seinen Mannen. Mumber Sull schüttelte den Kopf. »Ist es nicht erstaunlich«, wandte er sich an seinen Lehnsmann, »dass sie heute so wenig vertragen?«

Cugel ging eilig mit sich zu Rate. Der Than musste entweder zum Schweigen gebracht oder aber in seinen Plan eingeweiht werden. Er entschloss sich für Letzteres. Erstens war der weite Weg zu zweit weniger gefährlich, und zweitens konnte man nie wissen, vielleicht lebte Simbilis tatsächlich noch.

»Ehrenwerter Than«, wandte er sich an ihn. »Wir befinden uns in den Händen von Räubern oder noch Schlimmerem. Ich habe jedoch für unser Entkommen vorgesorgt. Bisher war leider nie eine Gelegenheit, Euch einzuweihen.«

Mumber Sull starrte ihn mit offenem Mund an, und Cugel berichtete hastig, was er wusste. Dann machte er sich eiligst daran, die Anführer von ihren Kupferkäppchen zu befreien und ihnen stattdessen die aus den Bechern gewonnenen Blechscheiben im Haar zu befestigen. Während er damit beschäftigt war, gelang es ihm, das Gewissen des Thans zu beruhigen und ihn zu überzeugen, dass sie sich nur so retten konnten.

Zwei der echten Kupferschilde behielt Cugel. Eines half er Sull ins Haar stecken, das andere behielt er für sich. Den Rest warf in einen schäumenden Bergbach. Während er bei Verdulga die Scheiben ausgetauscht hatte, entdeckte er des Thans Skubbastücke und seine gesamten Münzen in zwei Lederbeuteln an des Banditenführers Gürtel. Er hatte keine Skrupel, die Juwelen und das Gold an sich zu nehmen und Verdulgas Beutel dafür mit Steinen zu füllen. Davon erwähnte er Sull gegenüber allerdings nichts.

Am nächsten Abend, sie waren ihrem Ziel schon sehr nahe und die Rekruten vom Branntwein beschwingt, winkte Trogl dem Lehnsmann zu, ihm unauffällig zu folgen. Sie schlichen etwa eine Viertelmeile zwischen Felsen hindurch. Dann blieb Trogl stehen.

»Hinter dem nächsten Felsblock warten Eure Reittiere auf Euch. Gebt mir jetzt die versprochene Entschädigung. Ich muss ins Lager zurück, ehe meine Abwesenheit bemerkt wird.«

Cugel zählte ihm widerspruchslos die Münzen in die ausgestreckte Rechte. Trogl verstaute sie in seinem Beutel und stieß einen schrillen Pfiff aus.

Der Lehnsmann zog sein Schwert, als etwa ein Dutzend fast durchsichtig bleiche Gestalten hinter den Felsen herbeistürmten. Aber er brauchte es nicht zu benutzen. Trogls Gesicht verlor schnell den triumphierenden Ausdruck, denn statt sich dem anderen zuzuwenden, warfen die Kannibalen sich auf ihn. Er schrie, wehrte sich kurz, und schon war er verschlungen.

Cugel betrachtete fasziniert die bleichen Gestalten, die sich seiner offenbar überhaupt nicht bewusst waren. Sie hatten kurze Schnauzen mit großen Riechöffnungen, aber ihre Augen waren rudimentär – milchige Beulen unter einer brauenlosen niedrigen Stirn. Gleich nach Beendigung ihres Mahles zogen sie sich zurück. Cugel fischte Trogls Beutel von unter den übrig gebliebenen Kleidungsstücken hervor und schlich ins Lager zurück, wo Verdulga eben erklärte, dass seine Unterführer nun jedem die Benutzung der Lederriemen an den Umhängen zeigen würden.

Cugel sah zu, wie Verdulgas Spießgesellen die Riemen so schnallten, dass die Umhänge einen losen Kokon um ihre Träger bildeten, aus denen die Arme durch eine Öffnung im vorderen Teil herausragten.

Die Rotuniformierten führten die branntweinseligen Männer in eine Schlucht, über der auf den hohen Felsen die Kannibalenfestung zu sehen war. Der Boden der Schlucht war völlig glatt, und an ihrem entgegengesetzten Ende befand sich eine Höhlenöffnung. Verdulga deutete darauf.

»Dort ist der Geheimeingang«, erklärte er. »Wir wollen noch einmal eine kleine Stärkung zu uns nehmen, ehe wir in den Kampf ziehen. Um die Gefahr für euch so gering wie nur möglich zu halten, werden meine Männer einen Spähtrupp bilden und sich erst einmal umsehen.«

Die bereits halb betrunkenen Rekruten klatschten zustimmend und zufrieden. Dann verteilten die Unterführer eine besonders großzügige Branntweinration, ehe sie in der Höhlenöffnung verschwanden. Cugel, der sich mit Mumber Sull hinter einen Felsen zurückgezogen hatte, von wo aus sie ungesehen alles beobachten konnten, bemerkte, dass Verdulga offenbar suchend nach Trogl ausschaute.

Verdulga hielt nun eine anfeuernde Rede. Die Rekruten klatschten noch begeisterter und konnten es kaum erwarten, die Kannibalen zu überfallen.

Der Kopf eines der Unterführer tauchte in der Höhlenöffnung auf. »Der Weg ist frei!«, rief er.

»Vorwärts!«, befahl Verdulga. »Wir brauchen keine Waffen. Das Recht ist auf unserer Seite.«

Mit vor Kampfesfreude funkelnden Augen stürmten die Rekruten, einer hinter dem anderen, in den Höhleneingang, während Verdulga und der Unterführer sie noch mit Schlachtrufen anstachelten.

Als alle im Berg verschwunden waren, wandte sich Verdulga an seinen Untergebenen. »Wo ist Trogl?« Der andere zuckte die Schultern. Verdulga kaute an seiner Lippe. »Ich habe ein ungutes Gefühl. Waren die Vogelscheuche und ihr Hanswurst unter den Dummköpfen?«

»Ich habe sie nicht gesehen, aber das Licht ist ja auch sehr schlecht.«

Verdulga seufzte. »Wir haben keine Zeit, uns zu vergewissern. Wir müssen pünktlich liefern. Gehen wir.« Auch sie verschwanden in der Öffnung.

Mumber Sull und Cugel atmeten auf. »Die sind wir los«, brummte Cugel. »Unser Weg in den Westen ist frei.«

»Lehnsmann! Schaut doch!« Der Than deutete auf den Weg, der zu den Toren des Horstes empor und daran vorbeiführte. Ein Dutzend Schuppenwesen kamen hinter Felsen hervor und auf die beiden zu.

»Erbs!«, schrie Cugel. »Wir sind verloren! Seht, die Hänge wimmeln von ihnen. Schnell! Wir müssen ebenfalls in den Berg. Vor den Kannibalen dürften wir durch unsere Schutzscheiben sicher sein. Vielleicht finden wir einen Weg durch den Hort und einen sicheren Ausgang.«

Etwa hundert Schritt tasteten sie sich durch die Dunkelheit. Nach einer Krümmung erweiterte sich der natürliche Gang plötzlich zu einer riesigen, von Fackeln erhellten Höhle.

Erschrocken drückten sie sich in den Schatten der Wand und starrten entsetzt auf die Szene vor ihren Augen. Die Rekruten, deren Reaktion durch den Branntweingenuss ungemein verlangsamt war, versuchten verwirrt, den Unterführern zu entkommen. Einer stolperte verzweifelt auf den Gang, ganz in der Nähe der beiden zu, verfolgt von zwei der Verdulga-Männer. Als sie den Flüchtenden erreichten, griffen sie je von einer Seite nach den Riemen seines Umhangs und zogen gleichzeitig. Der lose Kokon legte sich nun wie eine Zwangsjacke um den Mann, und die Kapuze schob sich über sein Gesicht.

Die Unterführer schnallten die Riemen nun am Rücken zusammen und versetzten ihrem hilflosen und blinden Opfer einen betäubenden Schlag auf den Schädel, dann warfen sie es auf einen Haufen ähnlich gefesselter und zum Schweigen gebrachter Rekruten. Das Ganze hatte Sekunden gedauert. Die fünf anderen Paare arbeiteten mit der gleichen Schnelligkeit, und in Kürze war auch der letzte der Rekruten gebunden.

»Es ist geschafft«, sagte Verdulga. »Ich verstehe nur nicht, wo Trogl ist. Aber es spielt keine Rolle, so brauchen wir um einen weniger zu teilen. Hat jeder seinen Schild angeheftet?«

Alle tasteten unter die Kapuzen nach den Scheiben und nickten.

»So lasst unsere Kunden eintreten.« Er klopfte dreimal an eine Tür.

Sie schwang auf, und Kannibalen stürmten in den Höhlenraum. Die bewusstlosen Rekruten warfen sie sich über die Schulter, jene, die sich rührten, zerstückelten sie an Ort und Stelle. Zu Letzteren gehörten auch Verdulga und seine Männer, die nicht glauben wollten, welches Geschick ihnen bevorstand. Als es schon zu spät war, griffen sie erst nach ihren Waffen und versuchten sich zu wehren. Die den heftigsten Widerstand leisteten, wanderten sofort in die Mägen der bleichen Gestalten. Die anderen, unter ihnen der rotgesichtige Verdulga, wurden, wie schon erwähnt, zerstückelt und die Teile einzeln davongetragen. In wenigen Minuten war die Höhle leer, und der letzte der Menschenfresser verschwand durch die Doppeltür. Aus Angst, sie könnte sich vor ihnen schließen, folgten der Than und sein Lehnsmann ihm auf den Fersen.

Sie kletterten eine Treppe an mehreren Zwischenebenen vorbei und wanderten durch Hallen und Werkstätten, wo die bleichen Gestalten ihren verschiedenen Arbeiten nachgingen. Es war geradezu gespenstisch, wie sie sich manchmal einen Weg durch sie hindurchbahnten und doch nicht bemerkt wurden. Schließlich folgten sie einem bis obenhin mit Leichenteilen gefüllten Karren und kamen in einen vom Sternenlicht erhellten Garten. Beet reihte sich hier an Beet, aber es waren grausige Früchte, die dort wucherten. Unzählige Arme und Beine und Rümpfe zuckten und gestikulierten in einem gelblichen Untergrund, aber in jedem Beet befand sich nur ein Kopf, der genauso lebendig wie seine vervielfältigten Körperteile war.

Als der Than und sein Lehensmann hinter einem der Karren durch eine Beetreihe kamen, wandten sich ihnen alle Köpfe zu. Sie zischten und fluchten und verdammten sie. Die Kannibalen hörten zwar die Stimmen, maßen dem jedoch offenbar keine Bedeutung bei.

»Unmenschliche Seelenverkäufer!«, kreischte einer der Köpfe. »Geht ihr jetzt euer Judasgeld kassieren? Wo ist euer hundertfach verfluchter Führer Verdulga?«

»Verstehen diese Kreaturen unsere Worte?«, fragte Cugel nervös.

»Spielt es eine Rolle, dass sie es nicht tun?«, erwiderte ein anderer Kopf hasserfüllt. »Jene, die euch bezahlen, verstehen sie.«

»Dann dürfen wir offen reden«, sagte der Lehnsmann aufatmend. »Auch wir waren nahe daran, dasselbe Geschick wie ihr zu erleiden. Doch eine Laune Fortunas rettete uns und setzte Verdulga und seinen Knechten ein unrühmliches Ende. Wir suchen nun einen Ausgang aus diesem teuflischen Fort. Könnt ihr uns den Weg erklären?«

Der Kopf blickte ihn skeptisch an. »Ich weiß nicht, welchen Grund Ihr haben könntet, uns zu belügen, da wir Euch ohnehin nicht schaden können. Trotzdem fällt es mir schwer, Euch zu glauben.«

»Dort! Seht doch!«, warf Mumber Sull ein. Er deutete auf ein neues, in der Nähe liegendes Beet, in dem die weißen Wesen gerade einen der Zerstückelten in die gelbe Nährsubstanz einlegten. Der dazugehörende Kopf war der des Banditenanführers. Kaum war er eingesetzt, öffneten sich die Augen, und Verdulga blickte sich um. Er stieß einen gellenden Entsetzensschrei aus, als er sich seiner Lage bewusst wurde.

Der Kopf, mit dem Cugel gesprochen hatte, lachte schadenfroh und machte seine Genossen in den umliegenden Beeten auf den Schurken aufmerksam. Die allgemeine Freude war groß.

Verdulga brüllte und spuckte in hohem Bogen.

Der Nachbarkopf kicherte. »Sei guter Dinge«, rief er ihm höhnisch zu. »Du bist stark und gesund, deine Glieder werden sich schnell vermehren. Wenn du die Zähne zusammenbeißt, lässt sich das Ernten ertragen.« Dann drehte er sich Mumber Sull zu. »Noch eine wohlgemeinte Warnung. Mit wem immer Verdulga auch in jenem Gebäude dort verhandelte, er muss über menschliche Sinne verfügen.«

Der Than wollte sich noch länger mit seinem neuen geköpften Freund unterhalten, denn dessen Zustand hatte seine Neugier wachgerufen, aber Cugel bestand darauf, dass sie sich beeilen müssten.

Die Köpfe, an denen sie vorbeikamen, wünschten ihnen alle viel Glück. Sie traten durch eine unverschlossene Tür in das angedeutete Haus und schlichen ungestört durch ein Labyrinth von Korridoren, bis sie endlich vor einer Flügeltür ankamen.

»Gewiss ist das der Ausgang!«, rief Sull erleichtert. Ehe Cugel ihn zur Vorsicht mahnen konnte, hatte er sie schon aufgerissen. Eine sanfte, durchaus nicht überrascht klingende Stimme ertönte aus dem Innern. »Nur herein. Ihr kommt spät. Weshalb nahmt ihr nicht den üblichen Weg?«

Die Hand am Schwertgriff, schritten der Than und der Lehnsmann vorwärts. Sie befanden sich in einem kostbar getäfelten Speisesaal. Gedämpftes Licht aus hauchdünnen Onyxlüstern gestattete einen Blick auf die Dinierenden, die an einer langen, reich gedeckten Tafel saßen. Sie waren von geradezu skelettartigem Äußeren.

Pergamentdünne Haut spannte sich über eckige Knochen, wo immer diese aus den prunkvollen Gewändern und unter den wuchtigen Frisuren hervorragten. Jener, dessen Stimme sie vernommen hatten, erhob sich bei ihrem Näherkommen.

»Ah«, rief er. »Jetzt verstehe ich eure Verspätung – ihr seid neu in diesem Geschäft. Der tüchtige Verdulga hätte nie anderen den Empfang der Bezahlung überlassen. Ich schließe daraus, dass ihr ihn gestürzt habt.«

Cugel öffnete den Mund, doch der andere winkte ab.

»Wir bewundern den Tatkräftigen. Wozu noch Skrupel, wenn die Sonne ohnedies jeden Tag schon sterben mag? Seid versichert, ihr habt unser vollstes Verständnis. Folgt mir nun in die Zahlkammer.«

»Verständnis? Zahlkammer?«, fragte der Than, aber der Kannibalenherrscher schritt ihnen bereits voraus. Da Cugel sich ebenfalls in Marsch gesetzt hatte, blieb ihm nichts übrig, als mitzukommen.

Eine Kannibalendame lächelte ihm mit schwarzen Stummelzähnen zu. »Wir bewundern die Heldenhaftigkeit, mit der Ihr uns beisteht.«

Sull, der eine feindliche Haltung erwartet hatte, war völlig verwirrt von diesen Höflichkeiten. Hastig folgte er Cugel in einen kleinen Raum, dessen Ausstattung atemberaubend war. Eine ganze Wand war mit offenen Schubkästen bedeckt, aus denen nach Kategorie sortierte Edelsteine, Münzen und sonstige Pretiosen herausquollen. Der Kannibalenherrscher nahm eine Kelle und schöpfte Juwelen in eine lederne Satteltasche.

»Ich sehe, Ihr bewundert unsere Schätze«, wandte er sich an Cugel, der sich mit großen Augen umblickte. »Früher herrschte reger Verkehr aus dem Westen über die Berge nach Grag. In jenen Tagen war unsere Rasse noch blutvoller und auch stärker an Zahl als jetzt. Wir profitierten von den Handelskarawanen, daher unsere gegenwärtige – Sammlung.«

»Faszinierend!«, murmelte Cugel. »Was unsere Lieferung betrifft, es waren ...«

»Zweiundvierzig«, erklärte der Kannibalenherrscher.

In diesem Augenblick betrat Mumber Sull die Zahlkammer. Er blickte verblüfft von den Reichtümern auf Cugel. »Unser edler Gastgeber besteht darauf, uns für unsere Bemühungen zu entschädigen«, erklärte ihm sein Lehnsmann.

»Ihr seid zu großzügig, Sir«, wandte sich der Than an den Kannibalen. »Seid versichert, dass jeder Pfennig Euch zehnfach von Simbilis vergolten wird. Doch glaubt nicht, dass wir völlig ohne eigene Mittel sind.« Er öffnete seinen Beutel, in dem sich ursprünglich die Skubbastücke befunden hatten. Entsetzt stellte er fest, dass dieser nun lediglich Steine enthielt, genau wie sein Münzbeutel. Er stieß einen Schrei der Entrüstung aus.

Nur mit Mühe konnte Cugel ihn beruhigen und wieder auf die Großzügigkeit des Kannibalenherrschers verweisen. Als er dessen Erstaunen bemerkte, sagte er hastig: »Wir sind mit dem Weg zum Ausgang nicht vertraut. Wenn Ihr uns bezahlt habt, könnt Ihr uns vielleicht...«

»Ich gebe euch einen Führer mit«, versicherte ihm der Kannibale. »Ich sehe, ihr müsst noch viel lernen, um Verdulgas Geschäft zu beherrschen. Doch eure Belohnung wird groß sein. Wir selbst sind nur wenige«, er deutete auf die Tür zum Speisesaal, »aber wir haben viele Primitive durchzufüttern.«

Mumber Sull starrte ihn mit offenem Mund an. Nun funkelten seine Augen vor Empörung. »Dafür also der Inhalt dieser Satteltaschen! Wie könnt Ihr es wagen, uns mit diesem Blutlohn zu beleidigen! Wir haben Euren schurkischen Lieferanten ein Ende gesetzt und sind nicht ihre Nachfolger!«

Der Kannibalenherrscher richtete sich kerzengerade auf. »Ihr habt sie alle vernichtet? Wie furchtbar! Eine solch gedankenlose Tat mag sehr wohl eine Bedrohung unseres eigenen Lebens darstellen. Die Primitiven vermehren sich stündlich. Wenn wir sie nicht mehr füttern können, fallen sie über uns her. Und ihr habt unseren tüchtigsten Versorger getötet! Was ist mit ihren Schilden, den Kupferscheiben? Wurden zumindest sie gerettet, damit wir sie für eine neue Gruppe verwenden können?« Die Stimme des Kannibalen nahm allmählich einen drohenden Ton an. Mumber Sull machte eine abfällige Bewegung.

»Von zweien abgesehen, warfen wir sie in einen tosenden Bach.«

»Ihr habt uns damit vernichtet!«, zischte der Kannibalenherrscher. Er brüllte einen Befehl an seine im Speisesaal und stürmte auf den Than seinen Lehnsmann ein.

Sull und Cugel zogen ihre Klingen. Mit einem Hieb trennte Cugel ihm den linken Arm ab. Der Kannibale blutete kaum. Er bückte sich und hob das zu Boden gefallene Glied auf. Die Hand des amputierten Arms ballte sich zur Faust, die Muskeln spannten sich. Der Herrscher holte damit wie mit einer Keule aus. Inzwischen eilte auch etwa ein Dutzend der Kannibalenedlen herbei.

Cugel wirbelte verzweifelt herum. Dabei entdeckte er eine Tür in der Wand hinter sich. Er riss sie auf und sprang hindurch. Er stolperte, stürzte und rutschte eine lange, glatte, schräg führende Röhre hinab. Mit einem unbedeutenden Aufprall landete er auf weichem Gras unter einem freien Sternenhimmel. Zu spät sprang er auf. Mumber Sull fiel mit voller Wucht auf ihn. Halb betäubt erhoben sie sich und rannten hinaus in die Nacht.

3. Ungewöhnliche Maut

Endlich sahen sie, wenn auch noch weit voraus, die Wüste vor sich, doch die Kluft von Yawrn trennte sie von ihnen. Cugel deutete auf ein kaum erkennbares, schleierfeines Gebilde, das nur die verrufene Brücke über die Schlucht sein konnte. »Zweifellos die Schöpfung eines wahnsinnigen Zauberers«, meinte Sull seufzend.

Cugel pflichtete ihm müde bei. Sie schleppten sich zu der Hütte, die unmittelbar vor der geländerlosen schmalen Brücke stand. Der Zutritt zur Brücke war offenbar nur durch sie hindurch möglich.

Cugel pochte an die Eisentür. Sie wurde aufgerissen. Ein gebeugter alter Mann in schmutzigem Kittel musterte sie von Kopf bis Fuß.

»Wer entrichtet als Erster die Maut?«, fragte er. »Der Zweite muss einstweilen im Freien warten.«

»Nie!«, rief der Than entrüstet, dessen Geduld sich in den zwei Wochen, seit sie vom Kannibalenfort geflüchtet, waren, erschöpft hatte. »Mein Lehnsmann und ich werden uns keine Sekunde trennen.«

»Wie Ihr wollt. Dadurch vergrößert sich Euer Risiko.« Der Alte schüttelte abfällig den Kopf und ließ die beiden eintreten. Im Innern drückte er auf eine Verzierung an der Eisentür. »Die Tür widersteht nun jeder Gewalt. Und jene .....«, er deutete auf die gegenüberliegende Seite, hinter der die Brücke sein musste, »kann nur durch meinen Körper geöffnet werden. Doch nun zur Sache.

Die Maut, ohne deren Entrichtung noch nie jemand die Brücke betreten durfte, ist ein Spielchen.«

Er ließ sich an einem quadratischen Tisch mit Stühlen ringsum nieder, dem einzigen Mobiliar. Sonst befand sich nur ein unordentlicher Haufen abgelegter Kleidungsstücke, gefüllter Lederbeutel und Waffen verschiedener Art, der bis zum Dach reichte, in diesem Raum. Cugel betrachtete überlegend das Durcheinander.

»Wie Euer Begleiter bereits bemerkt«, fuhr der Alte fort, »besitze ich eine beachtliche Anhäufung verschiedenerlei Eigentums. Ich gewann alles im Spiel mit Reisenden. Ihr dürft daraus folgern, dass ich ein Kartenhai und so gut wie unschlagbar bin. Aber Ihr müsst gegen mich spielen, ob Ihr wollt oder nicht.«

»Wir müssen ein Stück unserer Habe setzen?«

»So ist es. Das Spiel ist Glifrig. Ihr müsst bis zu dem letzten Stück spielen, das Ihr am Leib tragt.«

Cugel wollte wütend aufbegehren, aber der Alte ließ ihn nicht zu Wort kommen. »Das sind die Bestimmungen!«, erklärte er. »Natürlich habt ihr einzeln gegen mich zu spielen. Mein Einsatz ist dieses Amulett.« Er zog eine breite goldene Kette aus seinem Kittel, an der ein in gelbem Feuer leuchtender Anhänger baumelte. Es war ein kunstvoll geschliffener Edelstein von zweifellos hohem Wert.

Beim Anblick dieses Kleinods wurde Cugels Ausdruck nachdenklich. Selbst der Than beruhigte sich ein wenig. misstrauisch wandte er sich an den Mautner. »Wollt Ihr damit behaupten, dass wir dieses Juwel gewinnen können, falls das Kartenglück uns hold ist?«

»Richtig. Doch ist es sehr unwahrscheinlich, dass ihr es erringen werdet.«

»Und ist es uns gestattet«, warf Cugel ein, »falls einer von uns gewinnt, diesen Mautraum damit zu verlassen?«

»Wenn ihr es gewinnt, gehört es euch. Und ob ihr nun verliert oder gewinnt in unserem Kartenspiel, die Tür zur Brücke wird sich für euch öffnen. Wer stellt sich als Erster?«

»Ich«, erklärte der Than. Er liebte das Kartenspiel und war überzeugt, ein unschlagbarer Glifrigspieler zu sein. Er ließ sich dem Alten gegenüber nieder.

Die Spielregel bestimmte, dass der Mautner schon beim Eröffnungsspiel sein Juwel riskierte, es aber, falls er es verlor, durch ein weiteres Spiel zurückgewinnen konnte.

Doch so weit kam es gar nicht. Der Alte gewann jedes Spiel gegen Mumber Sull, mit einer unvorstellbaren Leichtigkeit sogar, und in kürzester Zeit saß der Than ihm völlig nackt und in seiner Würde gekränkt gegenüber. Selbst seinen silbernen Ohrring musste er schließlich noch wutknirschend einsetzen – und verlor ihn ebenfalls.

Nun nahm Cugel seinen Platz ein. Der Alte betrachtete ihn abschätzend, dann wandte er sich noch einmal Mumber Sull zu. »In meiner Eigenschaft als Mautner muss ich Euch nun erklären, dass es Euch freisteht, Euch zurückzuziehen. Der Weg über die Brücke steht Euch offen. So kommt Ihr nicht in Gefahr, den Gewinn teilen zu müssen, den nur einer von euch verdient.«

»Ich warte auf meinen Lehnsmann«, erklärte Sull kühl.

»Was bedeutet Eure Warnung, die Ihr nun bereits das zweite Mal verlauten lasst? Wenn ich verliere, stehen sowohl der Than als auch ich nackt da. Besiege ich dich dagegen, weshalb sollte er dann meinen Gewinn teilen, den doch zweifellos ich allein mir verdient habe?«, erkundigte sich Cugel.

»Der Anhänger hat zusätzlich zu seinem unschätzbaren Wert noch gewisse magische Kräfte. Gewinnt Ihr, muss ich Euch in ihre Benutzung einweihen. In Gegenwart Eures Begleiters würde natürlich auch er die Geheimnisse erfahren.«

Cugel blickte den Than erwartungsvoll an. »Vielleicht würde Lord Sull in diesem Fall Augen und Ohren schließen?« Der Than beachtete seine Worte jedoch überhaupt nicht. Resigniert wandte sich Cugel von ihm ab und dem Mautner zu. »Da wir unbedingt spielen müssen, lasst uns beginnen.«

Cugel stellte sich als bedeutend geschickter heraus, trotzdem gewann der Alte die ersten Spiele, allerdings viel weniger leicht. Jedes Spiel dauerte ein bisschen länger als das vorherige, und schließlich begann der Mautner zu verlieren.

»Da Ihr das Amulett immer noch besitzt«, sagte Cugel plötzlich, »ist zu schließen, dass Ihr es nie zuvor verloren habt.«

»Ich habe es verloren, wenn auch nur wenige Male«, brummte der Alte ungnädig. »Doch die Regel bestimmt, dass es mir durch jenen, dessen treuer Diener ich bin, ersetzt wird.«

Cugel war inzwischen wieder voll bekleidet, und der Einsatz des nächsten Spiels war das Amulett.

»Euer Glück ist phänomenal, Lehnsmann!«, rief der Than. »Natürlich muss man Euch eine Erfahrung zugute halten, die für einen Mann meiner Position nicht schicklich wäre. Doch vergesst jetzt den Anhänger und sorgt dafür, dass ich meine Blöße wieder bedecken kann.«

»Ruhe!«, donnerte der Mautner. »Das darf er nicht. Es muss jetzt um das Amulett gespielt werden.«

Cugel zuckte die Schultern und blickte Sull entschuldigend an. Er mischte und verteilte die Karten, wie schon während der letzten vier Spiele, nachdem er an die Reihe gekommen war.

»Seid versichert, dass ich dieses Kleinod in Ehren halten werde«, wandte sich Cugel an den Mautner. Er streckte die Hand nach dem Amulett aus.

Der Alte neigte den Kopf. »Eine reine Formalität«, murmelte er. »Die Regeln bestimmen, dass Ihr es mir eigenhändig abnehmen müsst.«

»Mit Eurer Erlaubnis«, murmelte Cugel. Er zog die Kette über den Kopf des ihm Gegenübersitzenden. Kaum hatte er das Amulett an sich genommen, schüttelten heftige Krämpfe den Alten. Der Kittel barst. Cugel und Sull starrten mit offenem Mund. An Stelle des Mautners stand ihnen ein Gruebulle gegenüber, der gut drei Meter groß war und ihnen ein grinsendes Gebiss mit langen scharfen Stoßzähnen zuwandte. Das grauenvolle Ungeheuer sprach zu Sull: »Bedauernswerter Than. Ihr müsst nun das Geschick Eures Lehnsmanns teilen, das nur er verdient hat. Da Ihr mich in dieser Gestalt seht, kann ich Euch nicht laufen lassen.«

»Ihr werdet doch nicht Euren Ärger an mir auslassen, nur weil ich Glück im Spiel hatte?«, rief Cugel.

»Ist es wirklich nötig, Euch darauf aufmerksam zu machen, dass ich Eure Manipulationen im Austeilen der Karten bemerkt habe?«

»Ich bin ein ehrlicher Spieler«, behauptete Cugel scheinbar indigniert. »Allein meine Stellung als Lehnsmann des hochehrenwerten Than würde einen solchen Betrug verbieten.«

Das gefiel dem Than. »Ihr habt gehört, was mein getreuer Begleiter Euch erklärt hat. Wagt es nicht, ihn zu berühren.«

Der Grue ignorierte ihn und wandte sich wieder an Cugel. »Schon allein die Tatsache, dass Ihr gewonnen habt, ist Beweis Eurer Manipulationen. Ich bin unschlagbar und nur durch Unehrlichkeit zu besiegen. Schwindler wie Ihr, auf diese Weise aufgedeckt, sind mir als einzige Nahrung gestattet. Mit einer unvermeidlichen Ausnahme«, er verbeugte sich vor dem Than.

Cugel erblasste. »Das scheint mir ein sehr ungewöhnlicher Appetit«, krächzte er.

»Mein persönlicher Geschmack ist nicht so wählerisch«, gestand der Grue. »Ich bin durch meine Stellung gebunden, zu der ein bereits lange toter Zauberer mich verdammte. Über all die Jahrhunderte hinweg ist dieser Zwang – der mir gleichzeitig meine Kraft und mein langes Leben versicherte – nicht geringer geworden. Ich muss in alle Ewigkeit den Willen Hawthils ausführen und das Laster bekämpfen, das er verabscheute.«

»Ihr habt mir versichert, dass sich die Tür sowohl für den Gewinner als auch Verlierer öffnen würde!«, rief Cugel.

»Verzeiht. Ich hätte mich klarer ausdrücken und sagen müssen: ›Was davon übrig bleibt.‹« Der Blick des Grues konzentrierte sich nun auf Cugel, und seine Muskeln spannten sich. Er machte einen Schritt auf den Lehnsmann zu, der sich mit dem Schwert in der Hand an die Wand drückte. Eine Klingenlänge vor ihm blieb er stehen und kauerte sich zum Sprung.

Zitternd vor Wut tastete der Than nach seinem Schwert und wurde daran erinnert, dass er völlig nackt war. Das erhöhte seinen Grimm noch. Die Hände wie Krallen ausgestreckt, näherte er sich dem erbarmungslosen Ungeheuer.

»Ich will das Amulett überhaupt nicht!«, brüllte Cugel verzweifelt. Er warf es blindlings von sich und umklammerte sein Schwert nun mit beiden Händen.

Die breite Goldkette fiel geradewegs auf den Than herab, der ihr nicht mehr ausweichen konnte. Sie schlang sich um seinen Hals, dass der Anhänger an seinem Rücken baumelte.

Der Grue brüllte und sprang Cugel an.

Cugel stieß die Schwertspitze gegen des Ungeheuers Brust, aber sie drang nicht ein. Der Grue ignorierte die Waffe und streckte die Klauen nach Cugels Kopf aus. Die schwere Klinge zwischen den beiden begann sich zu verbiegen und war dem Brechen nah – da schnellte sie wieder in ihre ursprüngliche Form zurück. Cugel blinzelte ungläubig. Der Grue war durch die Luft geflogen und landete mit dem Rücken auf dem Boden an der gegenüberliegenden Wand.

Und schon beugte sein Gegner, ein Honn, sich darüber. Mit seinem schweren Schwanz peitschte es auf das Ungeheuer ein. Cugel blinzelte erneut. Das Amulett, das er von sich geschleudert hatte, hing über dem Rücken des Honns, halb in der langen, wilden Mähne vergraben, die den Schädel, die Schultern und das Rückgrat des Tiers bedeckte. Cugel seufzte erleichtert auf und überlegte eilig. Dann wühlte er in dem dachhohen Haufen, bis er einen langschäftigen Stab mit eisernem Haken fand. Damit näherte er sich der Kampfszene und harrte seiner Chance.

Es stellte sich bald als recht einseitiger Kampf heraus. Dem Honn fehlte die Masse und Größe des Grues, doch wie alle seiner Art hatte es ein äußerst cholerisches Temperament, dem selbst der größte Erb sich nicht gern aussetzte. Die wilde Wut dieses besonderen Exemplars schien alles zu übertreffen. Nachdem es seinen Schwanz als Knüppel benutzt hatte, schlang das langschnauzige Tier einen Teil davon um den Kopf des Grues und schlug ihn immer wieder auf den Boden.

Cugel bemerkte jedoch, dass das schwarze Ungeheuer im Augenblick zwar betäubt war, aber keinen dauerhaften Schaden genommen hatte. Der Zauber des verstorbenen Magiers machte es offenbar unverwundbar.

Sobald die Wut des Honns verflogen war, würde der Grue wieder zu sich kommen. Die einzige Rettung lag demnach für sie in der Flucht. Er studierte sorgfältig den Körper des Ungeheuers und entdeckte etwas Glitzerndes in einer der schwarzen Pfoten. Es stellte sich als ein in das Fleisch eingesetzter silberner Knopf heraus, der sicher der Öffnungsmechanismus für die Tür zur Brücke war.

Nun kam es nur noch auf eine peinlichst genaue Zeiteinteilung an. Das Honn zerschlug den massiven Kartentisch auf dem Gesicht des betäubten Grues, ohne das Ungeheuer auch nur zu verwunden. Den Angriff des kleineren Tiers vorschnell zu beenden, konnte genauso tödlich sein, wie zu warten, bis es sich gelangweilt abwendete.

Das Honn hatte gerade den zweiten Stuhl auf dem Schädel des Grues zertrümmert, als Cugel mit dem Hakenstab das Amulett über den Kopf des Tiers zerrte. Das Honn drehte sich wütend um und stürzte sich über ihn, sodass Cugel auf dem Boden landete. Einen kurzen Augenblick später verwandelte sich das Schnauzengesicht wieder in das des Sülls zurück. Cugel befreite sich aus der Umarmung des durch die Umwandlung bewusstlos gewordenen Thans und drückte mit dem langen Stab auf den Silberknopf in des Grues Pranke. Die Tür öffnete sich lautlos.

Hastig suchte Cugel den Boden ab, entdeckte das Amulett und steckte es ein. Da sich der Than als wertvoller Verbündeter erwiesen hatte, sollte er mit. Eilig schnappte er sich dessen Kleidung aus dem Haufen, warf ihn selbst über die Schulter und rannte aus der Tür.

Yawrns Kluft war eine breite Schlucht, durch die gespenstische Winde heulten, deren Kälte sich auf der schmalen Brücke unangenehm bemerkbar machte. Cugel fröstelte und legte nun ein schnelleres Tempo ein.

Nur gut, dass Sull nicht übermäßig schwer war. Er wagte es jedoch nicht, auch nur einen Blick in die Tiefe zu werfen, sondern richtete seine Augen immer geradeaus auf einen imaginären Punkt, und so erreichte er schließlich erleichtert aufatmend das Ende der so unwirklich scheinenden Brücke.

Mit dem immer noch bewusstlosen Than stapfte er in die Wüste hinaus.

4. Die Geisteraustreibung

Die ganze Nacht, den nächsten Tag und die folgende Nacht marschierten der Than und sein Lehnsmann. Sie gönnten sich nur kurze Pausen, um die trostlose Öde hinter sich zu bringen. Ihr Durst machte sich bereits unangenehm bemerkbar, war jedoch gerade noch erträglich, als sie sich dem Rand der Wüste näherten.

Das felsige Land vor ihnen sah allerdings auch nicht sehr vielversprechend aus. Die höheren Steinbrocken warfen düstere Schatten über den rauen Boden, dessen einzige Vegetation trockene Flechten waren. Ehe die beiden Wanderer weiterschritten, suchten sie nach Wasser, das glücklicherweise in Form von rauschenden Bächen vorhanden und leicht zu finden war.

Der schmale Weg, dem sie durch die Wüste gefolgt waren, wurde hier zur breiten, mit Kopfsteinen gepflasterten Straße, die nicht in diese Wildnis zu passen schien. Cugel betrachtete sie nachdenklich. »Sie führt gewiss in eine reiche, blühende Stadt«, meinte er schließlich. »Weshalb sonst hätte man sich so viel Mühe mit ihrem Bau machen sollen?« Ohne Eile schritten sie dahin. Sie hatten sich an einem Bach erfrischt und lange ausgeruht; sie fühlten sich nun viel wohler.

»Wie kann in einer so unfruchtbaren Gegend eine Stadt erbaut worden sein?«, zweifelte der Than.

Sie waren noch nicht weit gekommen, als sie am Straßenrand auf einen Hirten stießen, dessen Herde – wollige blaue Kreaturen von Katzengröße – von den knöcheltiefen Flechten fraß. Als er ihre Schritte vernahm, erstarrte er fast. Kaum hatte er sich jedoch gefasst, lief er ihnen entgegen und betrachtete sie völlig verblüfft von Kopf bis Fuß.

»Es ist unmöglich, dass ihr aus dem weglosen Norden kommt«, murmelte er zu sich selbst. »Nur eine ganze Armee würde es vielleicht schaffen, die Spinnensümpfe zu überqueren. Doch genauso unvorstellbar deucht es mir, dass ihr aus dem Süden kommt, wo immer noch die Pflanzenkriege wüten.«

Cugel lächelte. »Du brauchst dir nicht länger den Kopf zu zerbrechen. Unser Weg brachte uns über die Kannibalenberge und Yawrns Brücke hierher.«

Die Augen des Hirten wurden noch größer. Er nahm seine Mütze ab und verbeugte sich tief. »Obgleich die Logik mir dies zu schließen befahl, Erhabene, konnte ich es doch schwerlich glauben. Seid meiner untertänigsten Ergebenheit versichert.«

Nach seinem ersten Staunen schien sich der Than von dem Benehmen des Hirten geehrt zu fühlen. Cugels gesundes Misstrauen war jedoch erwacht. »Wie hast du unsere hohe Stellung erraten?«, fragte er ein wenig von oben herab.

»Das habe ich nicht, Euer Gnaden. Doch ist mir klar, dass Ihr und Euer Begleiter über große Macht verfügt. Wieso, fragt Ihr? Nun, Ihr seid die Ersten seit Menschengedenken in Waddlawg, die bekleidet die Schlucht überquerten. Infolgedessen muss es euch gelungen sein, den über Zauberkräfte verfügenden Mautner zu überwinden. Denn dass er sich der Magie bedient, daran zweifeln die Erhabenen Standhaften von Waddlawg keineswegs. Bis jetzt hat noch jedes der erniedrigten Opfer der Spielsucht des Mautners auf der Streckbank dieses lasterhafte Kartenspiel und so manches Verschwinden seiner Begleiter auf gleiche Weise beschrieben. Diese Berichte scheinen durchaus glaubhaft, denn ein waddlawgsches Sprichwort sagt ›Auf der Streckbank liegt die Wahrheit‹.«

Entrüstet starrte der Than ihn an. »Wollt Ihr damit sagen, dass die Bedauernswerten, die durch die Unverfrorenheit des Mautners entblößt zu euch kommen, auf die Streckbank gespannt werden?«

»So ist es, denn so muss es sein«, erwiderte der Hirte mit einer tiefen Verbeugung. »Ihr müsst bedenken, allerhöchster Herr, dass diese Wanderer, indem sie nackt unsere Stadt betreten, Fleischlichkeit begehen. Das ist ein Verbrechen, dessen Schändlichkeit nur noch von einem weiteren übertroffen wird. Ich muss gestehen, dass ich persönlich eine solche Nacktheit nicht so streng beurteile, genauso wenig wie der größte Teil der Bürger Waddlawgs. Aber es sind die Erhabenen Standhaften, die die Gesetze machen und vertreten.«

»Nun«, meinte Cugel, »obgleich eure Erhabenen uns übertrieben streng erscheinen, dürfte es für uns wohl keinen Grund geben, die Gastfreundschaft der Stadt nicht in Anspruch zu nehmen. Willst du dir unsere Dankbarkeit verdienen und ...«

»Ich würde jedes Zeichen eurer Dankbarkeit zu schätzen wissen.« Der Hirt verbeugte sich noch tiefer. »Vor allem, wenn ihr sie mir in Form eines schmerzhaften Todes eines meiner Nachbarn erweisen würdet. Dafür täte ich alles für euch.«

»Dann lauf schon zu und sorge für unseren würdigen Empfang in Waddlawg. Informiere die Standhaften über den bevorstehenden Besuch zweier mächtiger Zauberer. Übermittle ihnen unsere gnädigen Grüße und erkläre ihnen, dass wir eine unserem Stand gemäße Unterbringung und reichhaltige Mahlzeit erwarten.«

Während der Worte seines Lehnsmanns blinzelte Mumber Sull verwirrt. »Was soll dieser Schwindel?«, tadelte er Cugel. »Du wirst keines der Dinge tun, die er dir befahl«, wandte er sich danach an den Hirten.

»Unter normalen Umständen würde ich das auch ganz bestimmt nicht«, erklärte dieser. Sowohl Sull als auch Cugel starrten den bisher so devoten Hirten an und fragten gleichzeitig: »Weshalb nicht?«

»Eure Hoheiten, ihr müsst wissen, dass Zauberei das Verbrechen ist, das in Waddlawg als noch schlimmer denn Fleischlichkeit betrachtet wird. Stünden die Dinge wie sonst, würdet Ihr, erhabene Herren, sofort bei Betreten der Stadt vor die Wahl gestellt, sie innerhalb von dreißig Minuten wieder zu verlassen oder auf die Streckbank gespannt zu werden. Die Standhaften verabscheuen Zauberei – eine weitere Einstellung, die weder ich noch meinesgleichen verstehen –, trotzdem betrachten sie es nicht als unter ihrer Würde, ungemein wirksame Talismane anzuwenden, die verhindern, dass die gefangenen Zauberer sich befreien können. Doch in letzter Zeit hat sich die Ansicht der Standhaften offenbar geändert. Sie haben sogar einen Zauberer als Gast in der besten Herberge der Stadt. Es geht das Gerücht, dass sie seine Dienste in Anspruch nehmen. Sie ließen zudem öffentlich verkünden, dass jeder Zauberer, der in die Stadt kommen sollte, zu ihnen gebracht wird. Deshalb und in der Hoffnung, dass ihr eure versprochene Dankbarkeit nicht vergesst, eile ich nun in die Stadt und melde euch an.«

Der Hirt winkte seiner Herde zu, und sie folgte ihm mit erstaunlicher Geschwindigkeit. In Kürze waren sie bereits außer Sichtweite.

Mumber Sull blickte Cugel streng an. »Es gefällt mir nicht, dass Ihr vorgebt, wir seien Zauberer. Eine solche Maskerade ist meines hohen Ranges unwürdig.«

»Hochwohlgeborener Than, Euer Rang und Eure hohe Würde sind in Icthyl bekannt, doch kaum hier in dieser barbarischen Öde. Weshalb sollten wir eine Ehre ablehnen, wenn man sie uns anbietet? Ist es nicht besser, denn als namenlose Vagabunden in der Stadt schief angesehen zu werden?«

Der Than sah offenbar ein, dass Cugel vielleicht doch nicht ganz Unrecht hatte, aber trotzdem gefiel es ihm nicht.

Erst als Cugel ihn darauf aufmerksam machte, dass sie als hochgestellte Persönlichkeiten eher Auskunft über Simbilis bekommen würden, war er schließlich bereit, ihre wahre Identität nicht aufzudecken.

Die Stadt bot einen malerischen Anblick, als sie näher herankamen. Sie lag nicht gerade in einem Tal, sondern in einer riesigen Mulde mit gewaltigen, verschieden hohen, flachen Steinen, zwischen denen sich mehr oder weniger breite Wasserwege dahinwanden. Von jedem der Steinstücke erhob sich ein reich verziertes Bauwerk, manches acht Stockwerke hoch.

»Es scheint wahrhaftig eine blühende Stadt zu sein. Seht die vielen Gondeln!«, rief Cugel. »Und auf den Brücken drängen sich die Menschen.«

Hinter dem Tor, dem sie sich näherten, wartete das Empfangskomitee auf sie. Das kurze Nicken der Köpfe galt offenbar als Willkommen, auch wenn aus den Mienen keine besondere Freundlichkeit zu lesen war, sondern eher unverhohlene Abscheu. Die Gewänder der Männer waren aus dem Pelz der kleinen blauen Kreaturen gewebt, wie der Hirte sie gehütet hatte. Ihre Köpfe waren glatt rasiert und mit einem Muster aus konzentrischen Kreisen bemalt. Sie hoben sich in Kleidung und Haltung von den Gaffenden ab, unter denen sich auch der Hirte befand. Der Vorderste des Komitees verneigte sich steif. Sein Gesicht wirkte noch strenger als das seiner Genossen.

»Seid gegrüßt«, begann er mit kühler Stimme. »Ich bin Spurb, der Vorsitzende der Synode der Standhaften. Es wurde uns berichtet, dass ihr die Zauberei des Mautners von Yawrn besiegt habt. Wir sind hier, um uns dessen zu vergewissern.«

Cugel verbeugte sich. »Wie interessant. Ihr seid deswegen hier? Ist eine solche Vergewisserung denn so wichtig für euch? Das widerspricht, was wir über eure Ansicht, die Zauberei betreffend, gehört haben.«

Nicht nur Spurbs, sondern auch die Gesichter der anderen Synodemitglieder liefen rot an. »Es stimmt, dass wir tiefe Abscheu für jene empfinden, zu denen, wie wir annehmen, auch ihr gehört, Zauberer nämlich. Doch bestimmte Überlegungen zwingen uns, Beziehungen mit euch anzustreben, die sehr lohnend für euch sein können, falls ihr wahrhaftig gute Magier seid. Doch zuerst: Stimmt es, dass ihr den Zauber des Mautners besiegt habt?«

Cugel warf einen schnellen Seitenblick auf Mumber Sull und erwiderte: »Nichts liegt uns ferner als zu prahlen. Darum nur kurz: Ja, wir haben das wahre Wesen des Mautners aufgedeckt, und es gelang ihm nicht, uns unserer Würde zu berauben oder uns aufzuhalten. Mehr brauche ich wohl nicht zu sagen.«

Spurb nickte. »Wenn ihr uns begleiten wollt, werden wir für eine standesgemäße Unterbringung und Verpflegung sorgen und einen Vertrag zwischen uns ausarbeiten.«

Die Synode der Standhaften eskortierte Than und Lehnsmann in die Stadt. Schon nach wenigen Schritten mussten sie jedoch anhalten, denn eine Gruppe Frauen, ähnlich vornehm gekleidet wie die Synodenmitglieder, kam auf sie zu. Die Damen, von unvorstellbarer Korpulenz, mit ebenfalls glatt rasierten oder kurz geschorenen Köpfen, nickten ihnen mit unbewegten Gesichtern zu, dann drehten sie sich wieder um.

»Wie ihr seht, versicherten euch die Matronen-Standhaften von Waddlawg ihres Dankes«, erklärte ihnen Spurb auf dem Weiterweg. »Eure Tat, so hoffen wir zumindest, setzt der abscheulichen Fleischlichkeit ein Ende, von der unser Osttor heimgesucht wurde und dafür verantwortlich war, dass sich die hochverehrten Matronen von diesem Stadtteil fernhielten.«

Die Prozession ging über verschiedene Brücken mit kunstvollen Steinreliefs und über eine große Zahl der Steininseln, bis sie eine gepflegte Herberge erreichten, wo sie in einen privaten Bankettsaal gebracht wurden, in dem ihnen ein einzelner Mann neugierig entgegenblickte.

Spurb trat nur ein paar Schritte in den Raum, der Rest der Synode blieb vor der Tür stehen. »Die beste Unterkunft und Verpflegung, die diese Herberge zu bieten hat, steht euch zur Verfügung. Der Zauberer Polderbag ...«, er deutete auf den einsamen Mann, »kann euch über Einzelheiten einer eventuellen Anstellung unterrichten. Ihr habt die ganze Nacht, euch zu entscheiden. Wir erwarten eure Antwort morgen früh.« Er verneigte sich kurz und verließ den Saal.

Polderbag bestellte eine reichhaltige Mahlzeit für sich und die Neuankömmlinge und bat sie, sich zu ihm an einen Ecktisch zu setzen.

»Ich würde einen weniger dunklen Tisch vorziehen, vielleicht neben dem Fenster«, meinte Cugel. »Weshalb habt Ihr Euch in diese Ecke zurückgezogen?«

»Um das Fenster nicht sehen zu müssen«, gestand Polderbag ein wenig verlegen. »Es bietet einen Ausblick auf den Innenhof, wo sich mehrere Streckbänke der Synode befinden.« Ein Blick aus dem Fenster bestätigte es. Auf zwei der Bänke waren noch die Spuren kürzlicher Benutzung deutlich erkennbar. Sull und Cugel wandten sich schaudernd ab und folgten dem Zauberer in die Ecke.

»Ein ungutes Vorgefühl des Geschicks, das jeden treffen kann, wenn er die Ehrenwerten Standhaften nicht zufriedenstellt«, erklärte Polderbag düster. Sein Gesicht hellte sich jedoch schnell auf, als der Wirt ein reichhaltiges Mahl servierte, über das Sull und Cugel ausgehungert herfielen.

»Ich möchte betonen«, sagte Polderbag schließlich, als alle satt waren, »dass ich von Herzen hoffe, wir werden in Zukunft fruchtbar zusammenarbeiten und nicht gegeneinander. Ich muss gestehen, dass ich über eure Ankunft ungemein erleichtert bin.«

Cugel musterte Polderbag. Der Zauberer hatte ein rundes bleiches Gesicht mit schwarzem Haar um eine Mittelglatze. Er trug eine einfache Pilgerkutte. Sie wurde von einem geflochtenen Gürtel zusammengehalten, von dem Amulette aller Art herunterhingen.

»An welche Art von Zusammenarbeit denkt Ihr?«, fragte Cugel.

»Nun, an die einfachste Allianz überhaupt – erhöhte Wirkung durch den Zusammenschluss unserer Zauberkräfte. Die Mächte, die uns gegenüberstehen, sind beachtlich.«

Und welche Art von Mächten sind das?«, warf Cugel ein. »Eine Erklärung der von uns erwarteten Aufgaben wäre vielleicht angebracht, ehe wir über ein Bündnis reden.«

Polderbag nickte ein wenig steif. »Selbstverständlich. Die Dienste, die ich auszuführen habe – und ihr, falls ihr die angebotene Stellung annehmt –, sind die von Exorzisten. Einige der Matronen-Standhaften sind von einem Nachtgeist obszöner Natur besessen. In ihrer Verzweiflung, sie davon zu heilen, haben die Standhaften sogar ihre Abscheu vor Zauberei überwunden und sich meiner Dienste versichert.«

»Da Ihr gerade von dieser Abscheu sprecht, könnt Ihr sie näher erklären? Denn ich verstehe nicht, was sie an Nacktheit und Zauberei so abstoßend finden«, bat Cugel.

»Es liegt an ihrer Religion«, erwiderte der dicke Magier. »Für die Waddlawger sind Unbeweglichkeit und Konzentration die höchsten Tugenden.«

»Ich verstehe immer noch nicht«, brummte Cugel kopfschüttelnd.

»Nun, die Kunst, deren Jünger ich bin, beruht auf Mutation, auf Metamorphose. Ist es da ein Wunder, dass die Standhaften Zauberei als Hauptvergehen betrachten? Und was Fleischlichkeit betrifft: Sie ist imstande, die Sinne zu erregen, und verstößt so gegen Immobilität und Konzentration. Die übertrieben strenge Art der Bestrafung – Tod auf der Streckbank – hat vielleicht etwas mit der Sparsamkeit der Standhaften zu tun. Alle auf diese peinvolle Art Dahingeschiedenen werden den Matronen-Standhaften ausgehändigt – als eine Art Wiedergutmachung für die, wenn auch indirekte Verletzung derer Gefühle durch Fleischlichkeit oder Zauberei.«

»Aber was wollen die Matronen denn mit den Leichen?«, staunte Cugel.

»Sie dienen als Futter für die Newtfarmen der hochwohlgeborenen Damen. Die Newt sind die kleinen blaupelzigen Tiere, die Ihr gewiss bereits gesehen habt. Übrigens herrscht nie ein Mangel an Futter für sie, denn, abgesehen von Fremden wie wir – die meisten kommen aus dem Westen, aus dem Tal des Zoos – es gibt genügend Schwerverbrecher unter den einfachen Bürgern der Stadt, sodass die Streckbänke selten unbenutzt stehen.«

Aufgeregt unterbrach Mumber Sull den Zauberer. »Habt Ihr ›Tal des Zoos‹ gesagt? Wäre es vielleicht gar möglich, dass Ihr wisst, wo es sich befindet?«

»Welche Frage, hochverehrter Kollege. Ich bin in Millions Gather geboren und dort auch zu Hause.«

»Und wo ist dieses Millions Gather?«

Polderbag hob erstaunt die Brauen. »Ihr müsst wahrhaftig von sehr weit her kommen. Millions Gather ist eine große Stadt am Nordende des Tals des Zoos. Sie ist die letzte irdische Metropole, die Simbilis XVI. erbaute, ehe er mit unbekanntem Ziel weiterreiste.«

»Aha!«, rief Mumber Sull mit funkelnden Augen. »Hört Ihr, Lehnsmann? Freund Polderbag, wir kommen nicht von so weit her, dass uns der Name Simbilis unbekannt wäre! Im Gegenteil, geschätzter Polderbag, wir sind Simbilis' Vasallen und befinden uns gerade jetzt auf der Suche nach ihm.« Der Than strahlte über das ganze Gesicht. »Wir sind also immer noch auf dem richtigen Weg!«

Polderbags Augen verrieten seinen Zweifel. »Der Weg mag vielleicht richtig sein, denn das Tal des Zoos liegt etwa eine Monatsreise westlich von Waddlawg. Aber Äonen sind bereits seit des Erzzauberers Abschied von dieser Gegend vergangen.«

»Trotzdem. Wir werden ihn finden. Hartnäckigkeit führt zum Ziel«, erklärte Mumber Sull überzeugt. Das gute Mahl und die noch bessere Nachricht hatten ihn entspannt. Er versicherte Cugel, dass er nun großartig schlafen würde, woraufhin er sich zurückzog. Cugels Müdigkeit hatte der Wein vertrieben. Er blieb zu einem weiteren Becher mit dem Zauberer sitzen.

»Die Erwähnung des Namens Simbilis hat meine Laune leider nicht verbessert, denn sie erinnerte mich an meine Heimatstadt«, brummte Polderbag. »Und gerade von dort kommt all das Böse, das ich hier ausrotten soll.«

»Oh! Wirklich? Wieso?«

»Vielleicht ist Euch bekannt, dass Simbilis in das Tal des Zoos kam, um eine Verbindungsstraße zwischen der Ober- und Unterwelt zu bauen?«

»Das erfuhren wir in Grag.«

Polderbag nickte. »Simbilis hoffte, durch gute Handelsbeziehungen zwischen den zwei Welten weitere Kriege zu verhindern. Als er im Tal des Zoos ankam, hielt er dort eine Versammlung ab. Die auf seinen Aufruf hin herbeigeeilten Massen bauten die Straße. Als sie fertig waren, blieben sie und vermischten sich untereinander. Man findet deshalb jetzt in Millions Gather die kuriosesten Hybriden. Wie Simbilis beabsichtigt hatte, herrschte bald reger Handel zwischen der Ober- und der Unterwelt. Doch nachdem der Erzzauberer weitergezogen war, setzte steigender Betrug durch die Unterwelt ein, bis die Straße kaum noch von anderen als den Dämonenmyrmidonen benutzt wird, die herbeiströmen, um Böses zu tun, oder Gefangene, die ihnen durch List oder eigene Dummheit in die Falle gegangen sind, in die Tiefe zu verschleppen.

Doch aus dem Tor zur Unterwelt, am Felsen Steeps Jaw, dringen auch ständig unsichtbare Wesenheiten, Ektoplasmen, die mutwillig obszön bis ausgesprochen bösartig sind. Dieser schier pausenlose Strom wird in Millions Gather selbst noch am wenigsten bemerkt, denn die Menschen dort sind so an Zauberei und Heimtücke gewöhnt, dass die Ektoplasmen sie sich selten als Opfer erwählen. Ihr müsst wissen, dass Wesen wie Sukkuben,

Inkuben und selbst die unbedeutenderen wie Obszönotroben – es ist einer von Letzteren, der uns hier zu schaffen macht – Gastpsychen bevorzugen, die mehr oder weniger jungfräulich sind und nicht an Übernatürliches glauben und deren Reaktion deshalb umso hysterischer ist, wenn sie besessen werden. Diese Ektoplasmen verbreiten sich in immer größeren Kreisen über das Land.« Polderbag hielt mit düsterer Miene inne.

»Diese Kreatur, die wir exorzieren sollen, gehört demnach zu dieser Invasion?«

»Ja. Sie allein ist eine unbedeutende Wesenheit, aber wie gesagt, sie ist lediglich ein Teil des großen Ganzen. Vielleicht versteht Ihr jetzt die Wichtigkeit einer Zusammenarbeit, eines Austauschs von Bannsprüchen. Einzeln können wir zwar durchaus etwas leisten, aber gemeinsam wären wir imstande, eine ganze Meute dieser Sukkuben ohne großen Kraftaufwand auszutreiben.«

Cugel ging nicht darauf ein, gestand jedoch auch nicht, dass er in Wirklichkeit überhaupt kein Zauberer war.

Die Tür wurde aufgerissen. Spurb kam hereingestürzt. Obwohl er sich bemühte, ruhig zu sein, sah man ihm doch an, wie erregt er war. Er wandte sich an Polderbag. »Eure Dienste werden sofort benötigt. Diesmal ist die Besessene mein Weib. Wir hatten diese Manifestationen bereits für von Euch ausgerottet gehalten.«

Polderbag verbeugte sich. »Ich deutete an, dass aufgrund ihrer Mannigfaltigkeit jede dieser schrecklichen Kreaturen getrennt verbannt werden müsste. Deshalb auch die Notwendigkeit eines ständig ansässigen Zauberers.«

»Wir hatten zumindest mit einer längeren Ruhe gerechnet«, erwiderte Spurb streng. »Macht Euch sofort ans Werk!« Der Erhabene Standhafte verließ den Raum.

Polderbag bemühte sich, schnell noch Cugel zur Unterstützung zu überreden, doch als letzterer weiterhin auswich, eilte er Spurb nach. Er war auch nach einer Stunde nicht zurück, als Cugel sich zurückzog.

Am nächsten Morgen erschien Polderbag sehr bedrückt zum Frühstück. Seine Stimmung hob sich erst, als der Than erwähnte, dass sie den Auftrag der Standhaften annehmen würden. Zu Cugels Erstaunen hatte er sich dazu entschlossen – offenbar waren das weiche Bett und die gute Verpflegung ausschlaggebend dafür gewesen –, unter der Bedingung, dass sein Lehnsmann sich falscher Angaben enthalten würde.

Als deshalb Spurb und zwei Begleiter wegen der Antwort kamen, erklärte Cugel ihnen zeremoniös: »Ich mache es kurz. Mein Herr und ich stellen jegliche Zauberkraft, über die wir verfügen, in Eure Dienste, vorausgesetzt, das Entgelt ist zufriedenstellend.«

Spurb verbeugte sich und brachte zwei wohlgefüllte Beutel zum Vorschein. »Das entspricht eurem täglichen Honorar. Die Annehmlichkeiten der Herberge stehen euch weiterhin zur Verfügung. Ich möchte nur noch darauf aufmerksam machen, dass bei unterbliebener Hilfeleistung eurerseits die Streckbank auf euch wartet. Wir wünschen euch einen guten Tag. Ihr seid frei, zu tun oder zu lassen, was ihr wollt, bis wir gezwungen sind, eure Hilfe in Anspruch zu nehmen.« Als er sich zum Gehen wandte, blickte er Polderbag an. »Mein Weib schläft noch.«

»Die Austreibung war sehr anstrengend«, erwiderte Polderbag. »Sie braucht viel Schlaf, um sich ganz zu erholen.« Spurb nickte und ging. Cugel bemerkte dicke Schweißtropfen auf des Zauberers Stirn.

Den ganzen Morgen und auch Nachmittag, während sich das Trio dem Genuss von Fisch, Käse und Wein hingab, aß Polderbag weniger als die beiden anderen und schien innerlich mit etwas zu ringen. Endlich fasste er den Mut, sich an sie zu wenden. Er bat sie, sich näher zu ihm zu setzen.

»Falscher Stolz schadet nur, vor allem unter Kollegen«, begann er schließlich. »Ich brauche Hilfe, wenn auch nur geringfügige. Warum sollte ich es euch verheimlichen, wenn ich mich über eine ähnliche Bitte eurerseits freuen würde? Schließen wir unseren Beistandspakt mit dieser ersten Hilfeleistung. Ich benötige einen Bannspruch. Die Wirkungskraft dessen, den ich benutze, schwindet mehr und mehr.«

»Sind die Obszönotroben an Zahl gewachsen?«, erkundigte sich Cugel zurückhaltend.

»Es handelt sich nur um eine solche Wesenheit. Ich war gezwungen, Spurb mit einer Unwahrheit aufzuwarten. Die Kreatur reagierte auf meinen Bannspruch ursprünglich zumindest zeitweilig, kehrte jedoch von Mal zu Mal schneller zurück. Nun lässt sie sich überhaupt nicht mehr vertreiben. Sie erschreckte mich vergangene Nacht durch ihr viertes Erscheinen, wählte sich unglücklicherweise auch noch ausgerechnet Waddlawgs Erhabenste Matrone, Grimba Salta, als Opfer – und ließ sich mit nichts austreiben. Um Zeit zu gewinnen, gab ich der Frau ein starkes Schlafmittel. Obwohl sie natürlich immer noch besessen ist, hat sie zumindest zu toben aufgehört, und Spurb ist von der Heilung seines Weibes überzeugt. Die Wirkung des Mittels wird jedoch bald nachlassen. Deshalb bitte ich euch jetzt, solange mir noch die Zeit dazu bleibt, um eure Unterstützung.«

Cugel schwieg, deshalb drängte der fette Zauberer: »Ihr müsst mir glauben, ein Zusammenschluss unserer Kräfte ist dringend erforderlich. Wir müssen eine geschlossene Front bilden. Bedenkt die stetig anwachsenden Schwärme von Ektoplasmen, die Steeps Jaw ausspuckt.

Ich habe euch ihre immer größere Kreise schlagende Bedrohung geschildert.«

»Aber Ihr selbst sagt doch, dass es sich bei Eurem Feind um eine separate und unbedeutende Wesenheit handelt«, erinnerte ihn Cugel. »Weshalb befürchtet Ihr dann ganze Geisterhorden? Ich bemerke hier nichts davon.«

»Das liegt einzig und allein an Waddlawgs absolutem Unglauben an diese Art von Wesen«, erklärte Polderbag. »Die lange Zeit zurückreichende Ablehnung alles Unerklärlichen hüllt Waddlawg ein wie ein Feld, das die Stadt für die sich herumtreibenden Geister nahezu unsichtbar macht. Nur einige der Ektoplasmen fanden sie bisher durch Zufall. Doch gerade dieses Feld, das sie jetzt schützt, wird sie den Geistern umso begehrenswerter machen, wenn sie die Stadt erst entdecken.«

Der fette Zauberer hielt schaudernd inne. »Hier ist dieser große steinerne Lebensraum, bis jetzt noch unsichtbar für die gewaltigen Schwärme von Inkuben und Sukkuben, die die Lüfte durchstreifen. Sie schweben über Waddlawg und halten Ausschau nach der Vorstellungskraft der Menschen entsprungenen Phantasien, von denen sie sich nähren können. Noch strahlte Waddlawg jedoch kaum welche aus, und deshalb blieb die Stadt unentdeckt. Doch lasst euch sagen, dass dies in anderen Gegenden bedauerlicherweise nicht der Fall ist.«

Polderbag blickte von Cugel auf Sull. Er flüsterte fast. »Die Beispiele häufen sich. In Juggler, einer Stadt etwa drei Tage westlich, setzten die Inkuben allen Ehemännern der Stadt Hörner auf. Jede dieser dämonischen Zeugungen trug am gleichen Tag Frucht der irrsten Art. Meine Base wurde von einem Fass Nägel entbunden, ihr Mann, ein Tischler, hatte keine Skrupel, die Nägel für seine Arbeit zu verwenden. Andere dieser Buhlergebnisse waren weniger nützlichen Charakters. Eine ältliche

Jungfer gebar siebenundzwanzig voll ausgewachsene Ratten. Sie bemuttert sie wie eine Glucke und weigert sich, sich von ihnen zu trennen.«

Cugel nickte, schien zumindest ein bisschen beeindruckt. »Diese Streiche sind meines Erachtens doch recht harmlos«, sagte er schließlich.

»Dafür sind andere es umso weniger«, schnaubte Polderbag. »Was ich damit jedoch ausdrücken will, ist, dass die Gefahr für Waddlawg groß ist. Wenn wir aber unsere Kräfte zusammenschließen und die paar Wesenheiten austreiben, die zufällig ihren Weg hierher finden, gelingt es uns vielleicht, die Stadt weiterhin unauffindbar für die Nachtgeister zu machen – eine sichere Insel inmitten einer bedrohten Welt. Als das erkannte ich Waddlawg jedenfalls, als ich hier eintraf, und ich war überglücklich, als man zu meinem größten Staunen meine Dienste als Zauberer annahm. Und ich hatte wahrhaftig Grund zur Freude, denn mir wurde hier ein Leben in Sicherheit und Luxus geboten. Und genau das könnt auch ihr haben – wenn wir uns zusammenschließen!«

Ehe Cugel noch antworten konnte, stürmte Seine Hocherhabene Standhaftigkeit Spurb zur Tür herein. »Zauberer!«, brüllte er Polderbag an. »Dieser grauenvolle Dämon ist zurückgekehrt. Mein Weib schreit und schlägt um sich. Wenn sie nicht sofort geheilt wird, findet Ihr Euer baldiges Ende auf der Streckbank.«

Polderbag zwang sich zu einem Lächeln. »Hochwohlgeborener Spurb, dieser unbedeutenden Zuckungen wegen braucht Ihr mich nicht zu bemühen.«

»Schweigt!«, donnerte Spurb. Er wandte sich an Cugel. »Werdet Ihr diesen Unfähigen begleiten?«

»Wir arbeiten in der Regel nicht zusammen«, lehnte Cugel ab.

Polderbag schnappte nach Luft. Spurb nickte.

»Gut. Aber Ihr habt Euer heutiges Honorar erhalten und werdet deshalb einspringen müssen, wenn Polderbag keinen Erfolg hat.«

Der Zauberer folgte Spurb, doch nicht ohne Cugel wutschnaubend etwas Unverständliches zuzuzischen. Mumber Sull blickte Cugel tadelnd an. »Wo bleibt Eure Ritterlichkeit? Haben wir, als wir diese Anstellung annahmen, nicht geschworen, den Erhabenen Matronen-Standhaften, die Damen von höchster Moral sind, zu dienen? Gibt es etwas Edleres für einen Mann?«

»Hochwohlgeborener Than«, warf Cugel ein. »Ich pflichte Euch selbstverständlich bei, doch wie könnten wir in diesem Fall helfen, da wir auch nicht über die geringsten Zauberkräfte verfügen?« Er hatte es nicht für nötig gehalten, Sull zu gestehen, dass er das Amulett des Mautners behalten hatte.

»Selbst das wäre kein Grund, unsere Dienste zu verweigern«, sagte der Than bestimmt. »Doch bin ich durchaus nicht ganz ohne Zauberkraft.« Er erklärte sie allerdings auch auf Cugels Frage nicht näher, sondern fuhr fort: »Doch genug im Augenblick. Wir werden die verlangten Dienste ausführen. Einstweilen sollten wir uns mit einem ausgiebigen Abendmahl stärken.«

Cugel aß schweigend. Er hing seinen unerfreulichen Gedanken nach. Es war gefährlich, noch länger in Waddlawg zu verweilen. Er könnte allein fliehen und den Than seiner chevaleresken Neigung überlassen. Doch ohne Begleitung war seine Chance, nach Westen durchzukommen, gering. Andererseits, wenn er blieb, und es gelang ihnen tatsächlich, die Patientin zu heilen, nachdem Polderbag kein Glück gehabt hatte, würden sie zweifellos auch später noch eine gemeinsame Fluchtmöglichkeit finden.

Die Erhabenen Standhaften wurden jedenfalls immer hysterischer. Allein die Vorstellung, ein Inkubus könne sich ihrer Frauen bemächtigen, trieb sie an den Rand der Verzweiflung. Das war verständlich, wenn man ihre ehelichen Gebräuche betrachtete, wie Polderbag sie geschildert hatte. Sollte eine Frau ein Kind bekommen, sammelte der Ehemann seinen Samen in einem Behälter, der dann zeremoniös und unter den feierlichen Gesängen von Mann und Weib in den Schoß der Gattin eingeführt wurde, ohne dass eine schamlose körperliche Vereinigung stattfinden musste.

Etwa zwei Stunden nachdem Spurb Polderbag geholt hatte, betrat der Zauberer mit grauem Gesicht die Herberge. Er wandte sich verzweifelt an die beiden. »Ich konnte nur zurückkehren, weil ich behauptete, ein Amulett, das zur Austreibung unbedingt erforderlich ist, hier liegen gelassen zu haben. Die gesamte Synode ist zur gemeinsamen Meditation im Erdgeschoss von Spurbs Haus zusammengekommen, während Grimba Salta, Spurbs Weib, im ersten Stock unter ...« Er zitterte am ganzen Leib und konnte nicht weitersprechen. Schließlich krächzte er: »Meine teuren Kollegen. Ich habe einen verhängnisvollen Fehler begangen. Ich muss irgendwo die Worte des Bannspruchs verwechselt haben. Der verfluchte Obszönophob ist verschwunden, doch auf andere Weise, als ich beabsichtigte. Er wurde als ein Happen von einer viel ärgeren Wesenheit verschlungen – von einem Inkubus! Und dieser hat nun Besitz von Grimba Salta ergriffen. Meine Freunde ... Meine Verbündeten... Darf ich euch so nennen? Ich...«

»Wir bedauern natürlich Eure verzweifelte Lage«, begann Cugel, doch der Than unterbrach ihn.

»Wir stellen Euch selbstverständlich unsere Hilfe zur Verfügung«, versicherte ihm Sull. »Fasst Mut, mein

Freund, mir steht ein Zauber von nicht unbeachtlicher Kraft zur Verfügung. Nur etwas erstaunt mich ...«

»Und was ist das, höchster aller Magier?«, fragte Polderbag.

»Wie kommt es, dass die Erhabenen Standhaften die Schreie der Matrone nicht hörten, die sie doch zweifellos von sich gab, als diese schreckliche Wesenheit von ihr Besitz ergriff? Ich meine, dass sie Euch trotzdem gehen ließen ...«

»Oh, sie gaben mir natürlich Wachen mit, und was die Schreie betrifft, das ist eine andere Sache. Während der Obszönophob ihren schlafenden Geist quälte, schrie und tobte sie. Doch die Übernahme durch ein so mächtiges Wesen hat sie geweckt, und ihr starker Wille wehrt sich mit aller Macht, doch lautlos, dagegen. Sie hatte, bis ich sie verließ, keinen Laut von sich gegeben. Aber zweifellos wird selbst diese so willensstarke Frau bald überwältigt sein, und dann werden ihre Schreie gewiss die Standhaften im Erdgeschoss alarmieren.«

»Dann dürfen wir keine Zeit verlieren«, erklärte Mumber Sull. Er zog am Ärmel seines unwilligen Lehnsmanns, und das Trio trat auf die Straße, gefolgt von den wartenden Wachen.

Die Sonne war bereits hinter den Bergen versunken, als sie Spurbs zweistöckiges Haus erreichten, dessen Mauern besonders dick zu sein schienen. Düster brennende Kerzen steckten in metallenen Haltern links und rechts der Eingangstür, die die Wachen hinter ihnen schlossen. Sie befanden sich in einem großen Vorraum, an dessen Wänden sich Bank an Bank reihte. Darauf hatten sich sämtliche Mitglieder der Synode niedergelassen. Während die Matronen völlig versunken ohne äußere Hilfe meditierten, trugen die männlichen Standhaften flache Meditationssteine verschiedener Größe auf den Köpfen.

Je größer der Stein, desto höher die Würde seines Trägers.

Die Standhaften registrierten das Eintreten der drei Zauberer lediglich durch das Öffnen der Augen. Polderbag verbeugte sich vor Spurb, der ihn streng musterte.

»Die schändliche Wesenheit ist in unserer Gewalt«, erklärte Polderbag. »Wir wollen nun gemeinsam die sicherste Art und Weise beraten, um sie zu vernichten und eine zukünftige Belästigung durch ihresgleichen zu verhindern. Die Erhabene Grimba Salta wird in spätestens einer Stunde befreit sein.«

Spurbs einzige Antwort war das Schließen der Augen, um sich wieder der Meditation hinzugeben.

Die Zauberer stiegen eine hallende Treppe empor und einen hohen zugigen Gang entlang. Nach einem kurzen Zögern vor einer Steintür winkte Polderbag die Wachen zurück und bat Cugel und Sull, mit ihm einzutreten.

Sie kamen in einen Raum, genauso hoch wie der Gang, mit spärlichem Mobiliar. In einer Ecke stand ein Bett, und in der Mitte ein hölzerner Tisch, der nun offenbar den Zweck erfüllte, der eigentlich dem Bett zugedacht war, denn unter einem grauen Leinentuch wölbte sich etwas, das nur die reglose Gestalt der besessenen Matrone Grimba Salta sein konnte – obgleich die Wölbung selbst für eine Dame ihrer Statur ungeheuerlich schien.

Polderbag starrte fasziniert auf die gewaltige Masse unter der improvisierten Zauberdecke, die mit kabbalistischen Zeichen bemalt war. »Eine erstaunliche Frau, unmenschlich schier! Ich hatte zumindest ein Wimmern, ein wenn auch schwaches Zittern erwartet. Aber nichts! Sie bleibt unbewegt.«

Cugel hatte mit dem ersten Blick erschrocken festgestellt, dass der Raum fensterlos und ganz aus festem Stein war. Es war demnach unmöglich, von hier zu fliehen, falls die Vertreibung erfolglos blieb. Beschwörend blickte er, genau wie Polderbag, den Than an.

Mumber Sull war sich der Blicke seiner Begleiter durchaus bewusst. Er trat ein paar Schritte näher an die völlig bedeckte Gestalt heran und musterte sie. »Ich weiß nicht«, sagte er. »Sie erscheint mir ... Ich nehme an, sie kann uns nicht hören?«

»Wie sollte sie«, versicherte ihm Polderbag. »Ihre ganze Kraft konzentriert sich darauf, den Inkubus abzuwehren.«

»Nun, dann kann ich es wohl sagen. Sie erscheint mir selbst für eine waddlawgsche Dame von sehr ungewöhnlichem Umfang.«

Der fette Zauberer schauderte. »Ihr versteht nicht. Die obere Hälfte dieser Masse ist nicht ihre eigene.«

Mumber Sull begriff. Nun schauderte auch er. Doch jetzt erwachte sein Grimm, und er richtete sich zu seiner ganzen dürren Größe auf.

»Ektoplasma oder nicht!«, rief er erbost. »Dieser unverschämten Besitzergreifung muss ein Ende gemacht werden!« Er trat näher an den zweckentfremdeten Tisch heran.

Cugel, der nun selbst überzeugt war, dass der Than einen Zauber kannte, befürchtete, dass er ihn mit seiner charakteristischen rechtschaffenen Unbedachtsamkeit benutzen würde.

»Wartet!«, rief er und fasste nach seinem Arm. »Sagt mir erst, welche Art dieser Zauber ist, den Ihr beherrscht. Wir können es uns keinesfalls erlauben, noch weitere dieser gefährlichen Wesenheiten herbeizubeschwören.«

Sull blickte seinen Lehnsmann missbilligend an und erwiderte steif: »Es ist ein Than-Zauber. Eine erbliche Gewalt, einen dienstbaren Geist herbeizurufen. Ich werde ihm befehlen, diesen schändlichen Inkubus zu vertreiben.« Er hielt überlegend inne. »Unsere Familie hat diesen Dämon schon seit Generationen nicht mehr herbeibeschworen, ich weiß deshalb nicht, wie er aussieht. Doch das ist gewiss nicht so wichtig.«

Wieder richtete er sich hoch auf und trat noch näher an den zweckentfremdeten Tisch heran, ehe er stehen blieb und sich auf die bedeckte Masse konzentrierte. Und doch schien er sie nicht wirklich zu sehen, denn er gab kein Anzeichen, dass er die plötzliche Veränderung bemerkte.

Polderbag stieß Cugel in die Seite und flüsterte: »Seht! Sie beginnt sich zu bewegen!«

Die beiden starrten mit offenem Mund, als sich die Masse unter dem Tuch wellenförmig hob und senkte. »Nun ergreift der Inkubus voll Besitz von ihr«, stöhnte Polderbag. »Und immer noch gibt sie keinen Laut von sich. Was ist das nur für eine Frau! Schrei doch!«, rief er. »Ergib dich!« Erschrocken hielt er inne und blickte auf die Tür, hinter der das Füßescharren und Gemurmel der Wachen zu hören war. Verzweifelt wandte er sich an den Than, der schweigend vor dem Tisch stand und das Wogen der Decke immer noch nicht zu bemerken schien.

»Than Sull! Weshalb zögert Ihr? Warum ruft Ihr nicht Euren dienstbaren Geist herbei?«

»Sein Name«, murmelte Mumber Sull. »Ich kann mich nicht an ihn erinnern. Und er muss beim Namen gerufen werden.«

Die Antwort ließ Polderbag erstarren. Cugel gab jegliche Hoffnung auf, die er in den Zauber des Thans gelegt hatte, und überlegte verzweifelt einen Ausweg. Er könnte die Wachen hereinlassen und Sull verwandeln, wie er es im Mauthaus versehentlich getan hatte, und sich während des zweifellosen Durcheinanders aus dem

Staub machen. Aber die Kette war noch gerissen. Vielleicht, wenn er sie sich um den eigenen Hals wand? Möglicherweise verlieh sie ihm die Kraft, die Wachen zu töten und aus der Stadt zu fliehen. Aber in was würde er sich verwandeln? Ihn graute, daran zu denken. Doch die Bewegungen unter der Decke wurden immer heftiger. Gewiss würde die Matrone bald zu schreien beginnen. Hastig holte er das Amulett hervor und wickelte sich die Kette um den Hals.

Nichts geschah. Er starrte auf seine Hände. Sie blieben dieselben. Fluchend steckte er das Amulett wieder ein. Er sprang auf Polderbag zu, der immer noch hilflos Mumber Sull anstarrte.

»Polderbag! Alles hängt von unserem klaren Kopf ab. Erinnert Ihr Euch noch, welche Worte des Zauberspruchs Ihr verwechselt habt? Könnt Ihr ihn nicht jetzt richtig anwenden?«

»Der Bannspruch«, murmelte Polderbag überlegend. Er rang die Hände. Noch heftiger wurden die Bewegungen unter der Decke.

»Jetzt habe ich ihn!«, rief Mumber Sull plötzlich triumphierend. »Sein Name ist *Prawlk!* Prawlk!« Im nächsten Augenblick sprangen alle drei Exorzisten erschrocken zurück, als sich ein haarloser orangefarbiger Homunkulus vor ihnen materialisierte. »Es funktioniert!«, schrie Sull begeistert.

»Dann befehlt ihm schnell!«, drängten Polderbag und Cugel gleichzeitig. Wieder richtete sich der Than hoch auf und wandte sich an die orangene Kreatur. »Sei gegrüßt, gehorsamer Prawlk. Ich bin dein Herr und Meister, Mumber Sull, Hafenthan von ...«

Das Wesen, das die drei Männer offenbar völlig uninteressant fand, drehte sich zu dem Tisch um, wo die Bewegungen noch hektischer geworden waren.

Mumber Sull runzelte die Stirn über diese Nichtachtung und donnerte streng: »Prawlk! Hör meine Befehle!« Der Homunkulus achtete überhaupt nicht auf ihn. Er sprang auf den Tischrand und spähte unter das turbulente Tuch. Dann setzte er sich daneben und baumelte überlegend mit den dünnen orangen Beinen. Kurz danach schien er zu einem Entschluss gekommen zu sein. Wieder hob er die Decke. Und diesmal kroch er selbst darunter.

Die drei Exorzisten sahen fasziniert zu, ohne im Augenblick daran zu denken, dass ihr Leben vom Ausgang dieses Dramas abhing.

Die Bewegungen erreichten einen Höhepunkt, dann war ein lüsterner Seufzer zu vernehmen, und gleich darauf ertönte die schrille Stimme einer Frau, die mit unvorstellbarer Geschwindigkeit von eins bis zweihundertsiebenunddreißig zählte, ehe sie innehielt, um Atem zu schöpfen.

Beim Erklingen der lauten Stimme wurden Polderbags Knie weich. »Das wird sofort die ganze Synode herbeirufen. Die Streckbank ist uns sicher!«, heulte er in panischer Angst. Cugel schüttelte ihn heftig. »Der Bannspruch! Schnell! Wir haben nichts mehr zu verlieren! Versucht, den Inkubus zu vertreiben!«

Polderbag fasste sich ein wenig und drückte beide Hände gegen die Schläfen. Die Decke begann wild zu hüpfen. Die Frauenstimme hatte begonnen, ein kompliziertes Rezept für die Zubereitung von Newtfrikassee herunterzuleiern. Des Öfteren wurde sie jedoch von kreischendem Gelächter und gurgelnden Lauten ihrer Bett- oder vielmehr Tischgenossen übertönt. Jemand pochte heftig an die Tür.

Ein grimmiger Ausdruck zog über das Gesicht des fetten Zauberers. Auf der Treppe waren bereits die Schritte der alarmierten Standhaften zu hören. Polderbag holte tief Luft und stieß den Bannspruch hervor.

Unter der Decke, die sich allerdings immer noch wölbte, wurde es still, als lauschten alle darunter seinen Worten. Sull, Cugel und Polderbag standen wie angefroren, in Angst vor dem Kommenden. Draußen raspelten Feilen an den Türangeln, aber darauf achteten sie kaum. Polderbag rang die Hände und flüsterte verzweifelt: »Ich habe einen Fehler gemacht. Dessen bin ich ganz sicher. Was wird geschehen? Weshalb diese schreckliche Ruhe?«

Da deutete Cugel mit einem Aufschrei an die Zimmerwand. Ein riesiger Schatten drang aus der Mauer und schwebte, ohne Form anzunehmen, in den Raum. »Als ob es sich zuerst ein Bild zu machen versucht«, raunte Sull.

Und plötzlich schoss der Schatten geradewegs auf den Tisch zu. Polderbag schrie und gestikulierte zitternd. Unzählige Schattenarme wanden sich aus dem Fußboden und griffen ebenfalls unter das graue Tuch. Doch das war nicht genug. Aus der Zimmerdecke löste sich ein grünes, gelatinöses Wesen, das einer riesigen Heuschrecke glich.

»Draußen sind sie auch!«, brüllte Cugel. »Hört!« Das Raspeln der Feilen war verstummt und wurde durch hastende Schritte und Schreckensschreie ersetzt.

»Ein Tor hat sich geöffnet!«, wimmerte Polderbag. »Ohne es zu beabsichtigen, beschwor ich die Wesenheiten in Massen herbei. Jetzt ist Waddlawg entdeckt. Von weit und breit werden sie nun herbeiströmen, um sich an dem reichen jungfräulichen Psychoplasma zu ergötzen.«

»Kommt!«, drängte Cugel mit plötzlicher Hoffnung. »Vielleicht können wir uns noch ungehindert entfernen.

Die Ektoplasmen bevorzugen doch jungfräuliche Kost. Und was die Standhaften betrifft, nun, sie werden zu beschäftigt sein, als dass sie Zeit fänden, uns aufzuhalten.«

»Beabsichtigt Ihr vielleicht gar, die Matrone im Stich zu lassen?«, entrüstete sich der Than. »Es ist unsere Pflicht, ihr beizustehen.«

»Seid Ihr von allen guten Geistern verlassen?«, keuchte Cugel. Da sah er etwas, das ihn aufatmen ließ. Er deutete: »Seht!«

Die bewegte graue Decke hatte sich vom Tisch erhoben, der nun leer zurückblieb. Wirbelnd tänzelte die vielfach gefüllte Decke durch die Luft und verschwand schließlich durch die Wand.

»Unsere Schutzbefohlene ist geflohen, und das sollen auch wir tun.«

Der Than nickte.

Cugel sperrte die Tür auf und spähte hinaus, dann öffnete er sie weit. »Der Weg ist frei!«, rief er.

Auf dem Gang, der Treppe, im Vorraum, überall lagen die besiegten Standhaften herum, alle auf seltsame Weise besessen. Schäumende Lippen babbelten irres Zeug, und ein Erhabener Standhafter warf eine Matrone mit seinem Meditationsstein zu Boden, ehe er sich auf sie stürzte. Draußen belagerten die besessenen Synodenmitglieder die Häuser ihrer Mitbürger. Sie zerrten deren Frauen und Töchter auf die Straße und wurden ihrerseits von deren Vätern, Gatten und Söhnen bedrängt.

»Wir müssen westwärts fliehen«, erklärte Polderbag. »Denn die Kluft von Yawrn ist nur in einer Richtung begehbar, außer«, er blickte seine beiden Begleiter hoffnungsvoll an, »der Mautner ist tatsächlich tot.«

Cugel schüttelte den Kopf. »Er lebt noch, abgesehen davon müssen wir ohnehin nach Westen.« Sull nickte zustimmend.

»Dann muss ich es wohl auch«, murmelte Polderbag. »Und es ist vielleicht gar nicht so schlecht.« Sein Gesicht hellte sich auf. »Der Beruf des Zauberers ist anstrengend und nicht sehr gewinnbringend. Und Millions Gather ist trotz seiner Verseuchung verhältnismäßig sicher für jene, die darüber Bescheid wissen und vorsichtig sind.« Das Trio eilte auf das nahe Westtor zu.

Erst nach einer längeren Weile, als die Straße einen Hügelkamm erreicht hatte, von dem aus man einen guten Ausblick auf die Stadt hatte, schauten sie zurück.

Waddlawg war mit Fackeln und den Hecklichtern der unzähligen Gondeln erhellt. Menschenmengen drängten sich in wirrem Durcheinander auf den krummen Straßen, und Schreie und Schluchzen hoben sich in die Nacht. Schweigend schritten die drei Zauberer weiter.

5. Millions Gather

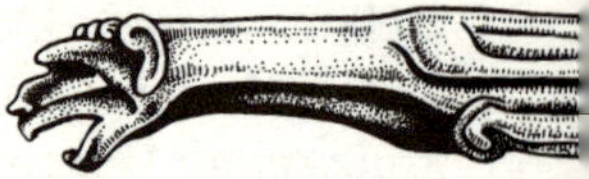

Die untergehende Sonne verschmolz mit den purpurnen und schwarzen Schatten der zerklüfteten Felsen. Sull, Cugel und Polderbag fröstelten in den nassen Kleidern, die sie einem eben erst überstandenen Wolkenbruch zu verdanken hatten. Durch schnelleres Laufen versuchten sie, sich warm zu halten und bogen um den letzten Felsblock des Berges, der ihnen einen Blick auf das gewaltige Tal des Zoos gestattete.

An dem ihnen gegenüberliegenden Ende des Tales lag Millions Gather. Fenster leuchteten auf, wenn sich die letzten Sonnenstrahlen in ihnen brachen. Der größte Teil der Stadt war auf den Hängen der Talwand erbaut, was bedeutete, dass die Reisenden die ganze Länge des Tales überqueren mussten, um zu ihr zu gelangen.

Erschöpft ließen sich die drei Gefährten am Straßenrand nieder. Mumber Sull betrachtete hoffnungsvoll die noch ferne Stadt. »O lang ersehnter Anblick«, rief er. »Ich fühle, dass wir nun ganz gewiss unseren Weg zu Simbilis finden. Unsere Mühen werden bald belohnt. Jene, die mir Unrecht taten, müssen mit ihrer Bestrafung rechnen.«

»Ich schlage vor, dass wir nicht länger auf der Schwelle zur verhältnismäßigen Sicherheit verharren«, drängte Polderbag nervös. »Das bewaldete Tal behaust zahllose Hybriden, Nachkommen jener großen Versammlung, die Simbilis veranlasste. Viele von ihnen sind nicht ausgesprochen menschenfreundlich.«

Trotzdem erhob sich keiner von ihnen sofort. Jeder Muskel schmerzte, sie spürten alle Knochen im Leib. Der Weg war lang und beschwerlich gewesen und hatte viele Gefahren mit sich gebracht, woran nicht zuletzt Polderbag schuld war, der sich offenbar auf dem Weg nach Waddlawg diverse Feinde gemacht hatte. Nicht nur einmal wurden sie von den Bürgern aus einer Stadt, durch die sie kamen, vertrieben.

»Wir müssen jetzt unbedingt weiter«, erklärte Polderbag. Müde erhob er sich, und die anderen taten es ihm gleich.

Cugel fand Sülls Begeisterung für Millions Gather ansteckend. Seine Stimmung stieg bei dem Gedanken, dass sie Simbilis vielleicht tatsächlich finden würden. Er war, was diese Sache betraf, normalerweise durchaus nicht optimistisch und war nur notgedrungenermaßen überhaupt so weit mitgekommen. Die kleine Gruppe war nämlich auch auf diesem Teil der Reise, von Waddlawg hierher, auf keine südwärts führende Straße gestoßen. Cugel hatte sich mehrmals nach der Beschaffenheit des weglosen, nach Süden führenden Terrains erkundigt, denn er war inzwischen schon fast bereit, sein Glück auch allein zu versuchen. Aber was er hörte, war alles andere als ermutigend. In einer Stadt erfuhr er, dass ätzende Sümpfe, in denen Snieks und Schrills hausten, in südlicher Richtung lagen. In einer anderen sagte man ihm, südwärts würde er in eine Gegend glühender Steine kommen, die die Stiefelsohlen unter den Füßen der Wanderer verbrannten, wonach die Barfüßigen schließlich von den riesigen Panzerfröschen getötet und verzehrt würden.

Das Trio hastete nun, so schnell es Polderbags kurze Beine erlaubten. Trotzdem funkelten bereits die Sterne am Himmel, als sie den Talboden erreichten. Hier schlängelte sich die Straße zwischen niedrigen, mit Bäumen bewachsenen Hügeln dahin. Mehrmals überquerten sie hölzerne Brücken über breite, laut rauschende Bäche, doch ansonsten herrschte eine geradezu gespenstische Stille, wenn man von ihren auf Steinen und morschen Ästen knirschenden Schritten absah.

»Hört!«, flüsterte Polderbag, als sie etwa eine Meile zurückgelegt hatten. Er wirbelte herum, um den Weg, den sie gekommen waren, zurückzuspähen. Erschrocken drehten sich Sull und Cugel mit ihm um und lauschten. Ein noch fernes, wimmerndes Geräusch war aus der Finsternis zu vernehmen, und gleich darauf sahen sie eine bleiche, fast durchscheinende Gestalt, ebenfalls noch fern, doch zweifellos ständig näher kommend.

»Ein Gehirnsauger«, erklärte Polderbag mit verängstigter Stimme. »Wir brauchen sofort Licht. Eine Fackel! Es gibt eine harzige Schlingpflanze im Tal. Sie brennt sogar nass.«

»Aber wie sollen wir sie in der Dunkelheit finden?«, fragte Cugel.

»Sie ist an ihren Dornen spürbar.«

Das Licht der Sterne genügte gerade, um ein paar Schritt weit zu sehen, drang jedoch nicht durch die dichten Baumkronen des Wäldchens, in das sie nun eindrangen und in dem sie verzweifelt um sich tasteten und mehr als einmal ekelerfüllt die Hände zurückzogen, wenn sie schleimige Pflanzen mit großen klebrigen Blüten berührten.

Polderbag schrie auf, und es war nicht gerade ein Freudenschrei über die Entdeckung. »Ich habe die verdammte Ranke gefunden. Helft mir, sie abzutrennen.« Es war eine schwierige Arbeit, die allen dreien blutende Hände verschaffte. Dadurch wurde natürlich auch Feuerstein und Stahl glitschig, und es kostete viel Mühe und Geduld, die provisorische Fackel anzuzünden.

Sie schafften es gerade, als der Gehirnsauger nur noch zwei Meter von ihnen entfernt war. Als Cugel ihm die Fackel entgegenstreckte, sprang er aufheulend zurück. Er warf seinen zwiebelförmigen, gallertigen Kopf nach hinten, während sein kurzer, schwarzer Rüssel Laute wie schmatzende Küsse ausstieß.

Die drei Gefährten eilten noch schneller dahin, die Fackel hoch erhoben. »Ich hoffe nur, unser Licht erlischt nicht, ehe wir die Stadt erreicht haben«, stöhnte Polderbag. »Die Gehirnsauger sind die schlimmste Art von psychischen Vampiren. Ihre Opfer werden zu zombieähnlichen Räubern, die sich ihrerseits als Gefahr für ahnungslose Reisende erweisen.« Der Gehirnsauger wimmerte immer stärker, doch hielt er sich, obgleich er ihnen dichtauf folgte, außerhalb der Reichweite der Fackel.

Vielleicht aufgrund dieser Kombination von Licht und der bedrohlichen Gestalt stieß das Trio auf keine weitere Gefahr auf dem Weg – zumindest auf nichts Schlimmeres als undefinierbare Schatten, die manchmal aus den Augenwinkeln zu sehen waren.

Die Fackel brannte gerade aus, als die drei die äußeren Häuser der Stadt erreichten. Polderbag schrie: »Nun müssen wir die Beine in die Hand nehmen!« Cugel warf den schwelenden Fackelstumpf von sich, und die drei rannten, was sie konnten, mit der bleichen Gestalt dicht hinter ihnen. Umsonst hielten sie Ausschau nach Menschen. Die Häuser hier waren unbewohnt, zum Teil sogar zerfallen. Keuchend hasteten sie zwischen ihnen hindurch, schnappten nach Luft, während ihr Verfolger leichtfüßig und mühelos immer näher kam.

Der bewohnte Teil der Stadt schien ihnen noch in unerreichbarer Ferne. Als sie um eine Ecke bogen, machten die kurzen Beine des Zauberers nicht mehr mit. Er stürzte auf die Straße und hatte keine Kraft mehr, sich zu erheben. Der Than und sein Lehnsmann konnten nicht ausweichen. Sie stolperten über ihn und landeten ebenfalls auf dem Boden.

Wie gelähmt erwarteten sie, dass der Gehirnsauger nun über sie herfallen würde. Doch er kam nicht. Erst jetzt wurde ihnen bewusst, dass eine Straßenlampe ihren, wenn auch düsteren Schein über sie warf, und mehrere Fußgänger erstaunt über ihre etwas ungewöhnliche Ankunft auf sie herunterblickten. Sie hatten das von Leben erfüllte Millions Gather erreicht.

Ein wenig verlegen standen Sull und Cugel auf und halfen Polderbag auf die Füße. Die Fußgänger waren bereits weiterspaziert. Das war die typische Haltung der Menschen hier, keiner kümmerte sich um den anderen. Das heißt, nicht nur die der Menschen, sondern die aller Bürger, von denen ein großer Teil, wie sie bald feststellten, alles andere als auch nur menschenähnlich war.

Auf ihrem halbstündigen Weg zu einer Polderbag bekannten Herberge begegneten sie den phantastischsten Kreaturen: spinnenbeinigen Wesen, solchen mit purpurfarbiger Haut und langen, fächelnden Fühlern, überhaupt eine Unzahl der verschiedenartigsten Gestalten.

Cugel und der Than wunderten sich, dass ihr Begleiter sie zu einer Herberge brachte, denn des Öfteren hatte er von einem Kollegen gesprochen, dem es eine Ehre sein würde, sie bei sich aufzunehmen, und bei dem sie jegliche Annehmlichkeit erwarten würde. Jetzt sprach er von ihm lediglich als von einem Bekannten, von dem der Than vermutlich Rat und Auskunft bekommen konnte. Er sagte, er würde ihn für den nächsten Tag anmelden.

Sull dachte im Augenblick nur an etwas zu essen und an ein weiches Bett, und das konnte er hier in der Herberge genauso gut bekommen. Cugel empfand jedoch ein gewisses Misstrauen, denn Polderbag erinnerte ihn in seiner Art zu sehr an seine eigenen, nicht immer ganz astreinen Manipulationen. Vor allem aber wunderte er sich über des Zauberers sichtliche Nervosität, die immer stärker wurde.

Nachdem sie gebadet, sich neue Kleider besorgen lassen und ein reichhaltiges Mahl eingenommen hatten – in dem Polderbag erstaunlicherweise nur herumstocherte –, verabschiedete sich der Zauberer, angeblich, um seinen Kollegen Warpl aufzusuchen.

Cugel wartete, bis Polderbag durch die Tür war, dann ließ er Sull, der bereits neben dem Feuer schnarchte, allein und folgte dem Zauberer durch der Hinterausgang und durch dunkle enge Gässchen um labyrinthartige Straßen. Nach den manchmal recht baufälligen Häusern zu schließen und jenen, die mit Moos bewachsen waren, musste Millions Gather wahrhaftig eine uralte Stadt sein.

Endlich kamen sie zu einer Gasse, die nur schlecht beleuchtet war. Polderbag stieg ein paar Stufen zu einer Tür empor, klopfte und trat ein. Als Cugel die Treppe erreichte, hörte er ein klägliches Wimmern auf dem niedrigen Haus, dessen Dach vom Kopfende der Treppe leicht zu erreichen war. Cugel bemerkte, dass das anschließende Haus viel höher und sein erster Stock etwa einen Meter über dem Dach des Hauses hervorragte, in dem Polderbag verschwunden war.

Cugel kletterte auf das Dach und hielt sich unter das überhängende Stück des Nachbargebäudes. So konnte er von unten nicht gesehen werden. Auf allen vieren krabbelte er an der Wand entlang, bis er eine schadhafte Schindel entdeckte, durch die er in den darunter liegenden Raum blicken konnte. Es war ein düsteres, ganz in Holz gehaltenes Zimmer, das zum Teil als Labor mit allen möglichen Gerätschaften, und zum Teil als Studierzimmer mit unzähligen Schriftrollen eingerichtet war. Ein Greis mit dichtem weißem Haar um wallendem Bart zitterte offensichtlich vor Grimm. Ihm gegenüber war Polderbag auf ein Rad gespannt, das der Alte durch einen Wink zum Drehen brachte. Der ehemalige Exorzist schrie und wimmerte hilflos. Das Rad drehte sich immer schneller, bis Polderbags Gestalt nicht mehr als eine Reihe verschwommener konzentrischer Kreise schien. Nun streckte der Greis einen knochigen Finger aus und schleuderte einer Strahl grünen Feuers auf das wirbelnde Rad der Bestrafung.

Polderbags Schreie gellten, verzerrt durch die Geschwindigkeit der Umdrehungen. Noch einmal schleuderte der Alte einen Blitz auf ihn ab, dann zuckte er angewidert die Schultern. Auf seinen Wink hin hielt das Rad an, und Polderbag blieb mit dem Kopf nach unten hängen.

»Es ist sinnlos«, grollte der Greis. »Ich habe keine Freude an Strafen, wie du sie verdient hättest. Du kannst mir auf den Knien danken, du hohlköpfiger Lehrling, dass ich dich wieder bei mir aufnehme. Sind die Zauber, die du dir ohne mein Wissen ausborgtest, noch intakt? Oder hast du sie den Schriftrollenhändlern für einen lächerlichen Preis verkauft? Doch was soll's! Die Zauber waren ohnehin von keinem großen Wert, sonst hätte ich dich längst zurückgeholt.«

»Hochverehrter Meister«, wimmerte Polderbag, »ein böser Einfluss, ein schlimmer Unterweltgeist, umwölkte meinen Verstand und gaukelte mir ehrgeizige Phantastereien vor. Erst vor kurzem konnte ich mich von diesem Fluch befreien, woraufhin ich sofort zu Euch zurückeilte.«

»Undankbarer! Tölpelhafter Gauner, verschone mich mit deinen durchsichtigen Ausreden. Zu gut kenne ich deinen feigen, habsüchtigen Charakter, als dass du mich täuschen könntest. Du bist zurückgekommen, belassen wir es dabei. Händige mir meine Zauber aus und erwarte eine tägliche Strafe, schlimmer als ich sie dir je auferlegte.«

Polderbag, den ein weiterer Wink des Magiers vom Rad befreite, fiel auf die Knie. »Großherzigster aller Zauberer, Ihr werdet sehen, dass ich trotz des bösen Geistes, der mich besaß, an Euch und Euer Wohl gedacht habe. Ich bringe Euch zwei Kunden. Was meine Provision betrifft ...«

»Was? Du hast die Unverschämtheit, von Provision zu sprechen? Bring die Kunden morgen hierher und wage es ja nicht, auch nur die geringste Gebühr von ihnen zu beanspruchen. Mir brauchen sie lediglich das übliche Beratungshonorar zu entrichten. Was möchten sie denn gern wissen?«

»Sie suchen Simbilis«, erklärte ihm Polderbag.

Der Greis schien überrascht, dann murmelte er: »Ich will sie beraten, so gut ich kann. Narren wie sie werden es nötig haben. Du kannst dich jetzt zurückziehen.«

Polderbag verbeugte sich bis fast zum Boden und schritt immer noch tief gebückt rückwärts durch die Tür. Der Zauberer löschte einen Augenblick später die Lichter aus.

Die letzte Bemerkung des Magiers trug nicht gerade dazu bei, Cugels Stimmung zu heben. Seine bereits hochgeschraubten Hoffnungen, was Simbilis betraf, erstarben wieder. Außerdem wurde ihm noch klar, dass er unmöglich allein den Weg zur Herberge zurückfinden konnte. Und ihren Namen wusste er auch nicht, dass er sich danach erkundigen könnte. Also blieb ihm nichts übrig, als die Nacht frierend und in äußerst unbequemer Lage auf dem Dach zu verbringen.

Als er sich noch lange vor Morgengrauen zum hundertsten Mal herumwälzte, marschierte ein Trupp Männer schweigend die Straße aufwärts. Ihre Köpfe waren nicht viel mehr als einen Meter unter ihm. Sie waren alle am Hals und um die Mitte aneinandergekettet und wurden von ungewöhnlich großen Kreaturen geführt, deren Schädel unter dem dichten wirren Haar nicht zu erkennen waren. Ihr Gang war zombiehaft, und ihrer Kleidung nach schienen sie weiblichen Geschlechts zu sein. Sie strömten einen Übelkeit erregenden Gestank aus, der noch lange, nachdem sie außer Sichtweite waren, in der Luft hing.

Endlich verließ Polderbag das Haus. Cugel folgte ihm steif und unausgeschlafen und huschte durch die Hintertür in die Herberge, während der Exorzist sie durch den Haupteingang betrat. Er rannte die Gesindetreppe hoch und die Gästetreppe wieder hinunter in den Speiseraum, wo der Than bereits sein Frühstück einnahm und Polderbag sich gerade zu ihm setzte.

»Mein Kollege Warpl«, sagte er, »ist mein alter Mentor. Er besteht auf einer fast unterwürfigen Höflichkeit, die ich ihm seines greisen Alters wegen nicht abschlagen möchte. Ich erwähne es nur, damit ihr euch nicht wundert.«

Sull und Cugel nickten. Polderbag fuhr fort: »Ob gleich Warpl mir in Thaumatologie natürlich nicht das Wasser reichen kann, ist er doch in alten Legenden sehr kundig. In einem Fall wie dem euren, in dem es um geschichtliche Fragen geht, verweise ich gern auf ihn, eben weil er hier sehr bewandert ist. Natürlich erhalte ich dafür eine Vermittlungsprovision.«

Sull erwiderte diese Erklärung mit verärgertem Schweigen.

»Ihr dürft nicht denken, dass ich unsere freundschaftlichen Beziehungen durch kommerzielle Methoden entwürdigen möchte. Ich richte mich lediglich nach dem Gesetz der Gleichwertigkeit, das einzuhalten ich geschworen habe. Ich verlange von Euch lediglich die Hälfte des Honorars der Ehrenwerten Standhaften, denn ich weiß, ihr seid nicht sehr betucht und werdet die andere Hälfte brauchen, um Warpls Rat zu bezahlen.«

Mumber Sull nickte steif und händigte Polderbag seinen Beutel aus. Ein paar Minuten später machten sich die drei auf den Weg.

Warpl begrüßte sie ohne Förmlichkeit und bot ihnen Stühle an. »Polderbag erzählte mir, dass ihr Simbilis sucht. Kann das stimmen?«

»Eure Skepsis deucht mir fehl am Platz«, erwiderte Mumber Sull gekränkt. »Wir sind Simbilis' Vasallen und bringen ihm eine Botschaft, die von großer Wichtigkeit für ihn ist.«

Der greise Magier lächelte ein wenig spöttisch. »Wenn Simbilis noch lebt, liegen seine Interessen zweifellos jenseits eurer Vorstellungskraft. Doch wie dem auch sei, ihr seid hier, um Auskunft zu bekommen. Ich muss euch von vornherein sagen, dass ich euch nur mit Mutmaßungen dienen kann. Das Einzige, was mit Sicherheit feststeht, ist sein Verlassen von Millions Gather, und das werdet ihr gewiss bereits von Polderbag erfahren haben.«

»Wenn Ihr uns nur mit Mutmaßungen helfen könnt, dann müssen wir uns eben damit zufriedengeben. Polderbag hat uns von der Errichtung der Stadt und der Straße zur Unterwelt erzählt.«

»Hat er euch auch auf mein Honorar aufmerksam gemacht?«

Hier fiel Cugel schnell ein. »Ja, Euer Kollege erwähnte es.« Er betonte das Wort Kollege. Der Magier warf Polderbag einen Blick zu, unter dem er sichtlich kleiner wurde. Nun wandte sich Cugel an den Dicken und ignorierte dessen abwehrendes Blinzeln. »Mein Herr und ich, geschätzter Polderbag, sind Euch sehr dankbar, dass Ihr uns des hochverehrten Warpls Rat ermöglichtet. Seid versichert, dass wir Eure Provision dafür ohne Bedauern entrichteten.«

Er drehte sich um und zählte das Honorar für den Magier aus seinem eigenen Beutel auf den Tisch, da der des Thans ja bereits leer war, während sich Polderbag am liebsten unter den Blicken Warpls verkrochen hätte.

»Es gibt auch jetzt noch viele Gerüchte über Simbilis' Ziel, als er Millions Gather verließ«, erklärte der Magier. »Drei Theorien erfreuen sich besonderer Hartnäckigkeit. Die populärste ist, dass sich der Erzzauberer in die Unterwelt zurückzog, um dort für seine alten Tage ein Eden zu schaffen. Ein altes Epos spricht von den wundervollen Gärten in Simbilis' Paradies. Aber diese Zeile schreibt man nun einer Auslegung eines Dichters des letzten Jahrhunderts zu.

Um ein Geringes weniger weit verbreitet ist die Theorie, dass Simbilis zwar die Unterwelt betrat, doch um dort einen Aufstand zu unterdrücken. Da Simbilis als unbesiegbar gilt, er aber nicht zurückkehrte, nimmt man an, dass der Kampf in der Unterwelt weitertobt und der Erzzauberer in einem ewigen Patt mit den Dämonen verstrickt ist.

Nach der dritten Theorie hat Simbilis diese dem Tod geweihte Welt verlassen, um eine neue zu suchen. Und wenn er sie gefunden hat, wird er die ganze Stadt Millions Gather mit ihren Bürgern dorthin versetzen, dass sie in immerwährendem Glück unter einer neuen Sonne blühe und gedeihe.«

Mumber Sull überlegte. »Die dritte dünkt mir am unwahrscheinlichsten. Doch welche auch immer die richtige, ist unser nächstes Ziel dürfte in jedem Fall die Unterwelt sein. Könnt Ihr uns gute Ratschläge für unsere Reise dorthin geben?«

Warpl starrte den Than düster an, ehe er antwortete: »Ihr scheint mir sehr hartnäckig zu sein. Doch hütet Euch vor überstürzten Entscheidungen. Neuigkeiten aus der Unterwelt sind rar und unzuverlässig. Die Verbindungsstraße ist längst nicht mehr das gemeinsame Eigentum der beiden Regionen. Unsere Stadt steckt tief in Schulden gegenüber den Unterweltkaufleuten, die sich als gerissene Händler erwiesen. Die Straße gehört nun ihnen, und wenige Menschen benutzten sie in den letzten Jahren, mit Ausnahme der Schuldner, die als Gefangene in die Tiefe geschleppt werden. Und diese kehren natürlich nicht zurück, um berichten zu können, wie es in der Unterwelt aussieht. Die Dämonenlords geben allerdings eine beschränkte Zahl von Genehmigungen zur Gewürzernte aus, doch ist die Gebühr dafür so hoch, dass selbst dieses normalerweise so ertragreiche Geschäft kaum noch profitabel ist.«

»Um welche Summe handelt es sich?«

Warpl zuckte die Schultern. »Die verlangte Entschädigung ist manchmal sehr bizarr. Es geht selten um normale Zahlungsmittel. Die Händler, die ihre Gesichter unter Kapuzen verbergen, legen vor allem großen Wert auf Talismane und Amulette, vermutlich weil diese oftmals in der Lage sind, Kräfte aus ihrem eigenen Reich zu rufen und zu befehligen.«

»Wie bedauerlich, dass wir uns unserer Schutzschilde entledigten«, murmelte der Than. »Sie hätten uns gewiss den Eingang erkauft.«

Warpl blickte sie groß an. »Wollt ihr damit andeuten, dass ihr über keinerlei Talismane verfügt?«

»Weshalb sollten wir?«, fragte Sull entrüstet. »Sind wir vielleicht Zauberlehrlinge, dass wir uns damit behängen müssen?«

»Und doch spüre ich, dass ihr ein Amulett von großer Wirksamkeit in eurem Besitz habt«, sinnierte der Magier. Cugel rutschte unbehaglich auf seinem Stuhl herum. Der Zauberer streckte einen Finger aus, und das Amulett sprang aus Cugels Beutel und blieb in der Luft hängen.

»Ah, ein Tag der Wunder!«, seufzte Warpl. Er winkte, und das Amulett schwebte in seine Hand. Er studierte die Zeichen darauf und musterte Cugel, dem auch der Than einen durchdringenden Blick zuwarf. »Wie seid Ihr in seinen Besitz gekommen?«

»Es ist eine langweilige Geschichte«, brummte Cugel. »Ich hatte bereits völlig vergessen, dass ich es noch an mir trug.«

»Es ist ein sehr ungewöhnliches Stück«, erklärte der Magier. »Eine Arbeit des genialen Korloos. Er wollte damit beweisen, dass die anthrodegenerierten Rassen die psychischen Schatten der Menschheit sind. Er schuf das Amulett, um diese Theorie zu demonstrieren, die besagt, dass für jeden Menschen ein Erb, Grue, Honn oder Vampir existiert, die die gleiche Geburts- und Todesstunde haben, und deren Seele mit seiner absolut übereinstimmen. Zweifellos wird ein so seltenes Amulett wie dieses euch eine Erntegenehmigung einbringen.«

»Dann wollen wir keine Zeit verlieren.« Der Than sprang auf. Cugel wand sich innerlich, schwieg jedoch. Warpl flickte die gerissene Kette durch einen Zauber und händigte sie Mumber Sull aus. Dann beauftragte er Polderbag, den Than und seinen Lehnsmann zum Zollhaus bei Steeps Jaw zu begleiten und ihnen dort bei der Unterhandlung behilflich zu sein, ehe er zurückkehrte.

Der Weg führte sie durch die halbe Stadt und einen Hang empor, in dessen Mitte sich Steeps Jaw hervorhob, wo der Eingang zur Unterwelt gähnte. Doch ehe sie so weit gekommen waren, schlug Polderbag vor, erst noch einen kleinen Imbiss in einer der Tavernen einzunehmen. Sie ließen sich auf einer Terrasse nieder und bestellten Käse und Wein. Der einzige andere Gast war ein düster blickender Mann mit einem hohen konischen Hut aus weißem Pelz. Er schien sich in seiner Haut ganz offensichtlich nicht wohl zu fühlen und starrte den drei Neuankömmlingen misstrauisch entgegen.

Polderbag rückte nun mit seinem wahren Motiv für die Einkehr hier heraus. »Ich habe nachgedacht«, erklärte er. »Ich werde euch in die Unterwelt begleiten, bis zu den Gewürzfeldern.«

»Aber weshalb, geschätzter Polderbag?« Der Than hob die Brauen.

»Um ehrlich zu sein, die Rechte, die ihr zu erstehen gedenkt, sind äußerst begehrenswert. Unterweltgewürze bringen auf der Oberwelt aufgrund ihrer psychischen Potenz viel Geld ein. Für euch ist die Erntegenehmigung lediglich ein Vorwand zum Betreten der Unterwelt. Für mich ist sie eine einmalige Chance. Gestattet mir, sie zu ergreifen. Als Gegenleistung helfe ich euch, euren Wachen zu entschlüpfen, denn das ist unbedingt erforderlich, wenn ihr tiefer in die Dämonenwelt eindringen wollt. Ich werde auf den Gewürzfeldern die Aufmerksamkeit von euch ablenken, damit ihr euch verstecken könnt.«

Mumber Sull war äußerst zufrieden mit diesem Vorschlag und nickte gerade zustimmend, als der Mann mit dem hohen Spitzhut einen Schrei ausstieß. Er hatte die Finger nach der Flasche auf seinem Tisch ausgestreckt. In diesem Moment verwandelte sich seine Hand in eine Stachelkröte, die mit ihren Vorderpfoten die Flasche packte und sie schmatzend leerte.

Einen Augenblick lang starrte der Mann nur auf diese Kreatur, in die sein rechter Arm auslief. Dann riss ein brüllendes Gelächter in der Luft hinter ihm ihn aus seiner Benommenheit. Mit einem Schrei warf sich der Fremde herum, als wollte er sich über das Gelächter stürzen. Doch da es nicht von fester Substanz war, hämmerte er nur hilflos auf den Boden. Dabei zerplatzte die Stachelkröte. Blauer Staub wirbelte hoch und setzte sich auf allem, das er berührte, fest – einschließlich der bisher unsichtbaren Gestalt eines Mannes, die nun unter dem Staub bläulich glitzerte. Der Mann mit dem Pelzhut warf sich wütend auf ihn. Die beiden stürzten mit solcher Wucht auf den Boden, dass die morschen Holzbretter brachen und sie in das darunter liegende Bad fielen.

Sull und Cugel rannten zum Rand des ausgezackten Loches. Sie sahen, wie der Mann mit dem Spitzhut eine gewaltige Schlangenbrut heraufbeschwor, die der Blauglitzernde mit einer ganzen Badewanne voll gelber Spinnen abwehrte. Polderbag rief seinen beiden Begleitern zu: »Wir wollen uns schleunigst von hinnen begeben. Es könnte gefährlich werden, sich auch nur in der Nähe einer solchen Auseinandersetzung aufzuhalten.«

Unterwegs fragte der Than Polderbag, was das Ganze zu bedeuten hatte. Der Dicke seufzte. »Vorfälle wie diese sind hier in der Stadt schon fast alltäglich. Sie sind ein Beweis der verhängnisvollen Sucht, die die Bewohner zu Sklaven der Dämonen macht.«

»Die Streitenden waren demnach Agenten der Unterwelt?«

»Nein, lediglich Opfer ihrer teuflischen Verführungskünste. Vom Anfang des Unterwelthandels an haben die Menschen dieser Stadt von allen lieferbaren Produkten der Unterwelt die der Magie bevorzugt. Die Bürger geben ihre letzte Münze für schwarzen Zauber, um damit ihre zahllosen Fehden zu ihren Gunsten zu beenden. Viele verfallen dadurch ihren Gläubigern, bis sie zu deren persönlichem Eigentum herabsinken und von den nächtlichen Karawanen in die Unterwelt verschleppt werden.«

Cugel nickte nachdenklich, er erinnerte sich des nächtlichen Zugs. »Aber weshalb verkaufen die Dämonenlords dann Amulette und so, wenn sie sie doch, nach Warpls Angaben, so hoch einschätzen?«

Polderbag zuckte die Schultern. »Da alle Zauber, die einem Menschen verkauft werden, in den Besitz des Dämons zurückgelangen, sobald der Mensch in dessen Schuld steht, sind sie nicht wirklich verloren, sondern lediglich eine Art Investition, die hohe Zinsen bringt. Nicht nur der Mensch selbst, sondern sein ganzes weltliches Gut kann in den Besitz des Unterweltgläubigers übergehen, wenn Letzterer dem Ersteren ein paar Amulette und Zauber verkauft.«

Sie näherten sich nun bereits Steeps Jaw, ein natürlicher Höhlenschlund in zerklüftetem schwarzem Gestein. Zwei Felsblöcke standen links und rechts davon. Mächtige Runen waren darin eingeritzt. Polderbag deutete darauf. »Die Inschrift stammte angeblich noch von Simbilis selbst und ist ein mächtiger Zauberspruch, der verhindert, dass Diebesgut über die Schwelle gelangt. Doch nun müssen wir ins Zollhaus.«

Durch einen langen Korridor betraten sie eine schlecht beleuchtete Kammer. Hinter einem Pult saß eine Gestalt auf einem hohen Hocker, und in einer düsteren Ecke drängten sich mehrere Wesen, die Kapuzen über ihr Gesicht gezogen hatten. Nur ihre Umrisse waren zu erkennen, denn irgendwie umgab sie eine Dunkelheit, die noch schwärzer als die Schatten des trüben Lichtes waren.

Die kleine bleiche Gestalt hinter dem Pult sagte mit mechanisch klingender Stimme: »Was ist euer Begehr?«

»Wir möchten gern eine Erntegenehmigung und sind bereit, dafür ...« Er wurde von Mumber Sull unterbrochen, der rief: »Was soll dieser Unsinn? Seht Ihr denn nicht, dass Ihr nicht mit einem lebenden Wesen, sondern mit einer hölzernen Puppe sprecht?«

Bei diesen Worten drehte die Puppe, denn es war tatsächlich eine, ihr lackiertes Gesicht Sull zu. »Ihr wart zweifellos noch nie zuvor hier. Jene von uns, die über keine Sprechorgane verfügen, benutzen meinesgleichen, um sich mit Menschen zu verständigen, denn eure Spezies reagiert negativ auf unsere Verständigungsmethode, nämlich den Austausch von Psychoplasma. Was habt ihr für die Genehmigung zu bieten?«

Instinktiv richtete der Than seine Antwort an die vermummten Gestalten in der dunklen Ecke. »Wir haben dieses alte, ungemein zauberkräftige Amulett.«

»Zeigt es mir«, befahl die Puppe und streckte eine geschnitzte Hand aus. Zögernd und mit einem fragenden Blick auf die Vermummten händigte er es aus.

Die Puppe hielt das Amulett vor die Stirn, die sich öffnete. Eine orangefarbene Masse schob sich heraus und umhüllte das Amulett. Plötzlich nickten die Vermummten und bewegten sich offensichtlich aufgeregt. Die Stirn der Puppe schloss sich. Sie gab dem Than das Amulett zurück.

»Aufgrund der Seltenheit dieses Talismans«, erklärte die Puppe, »können wir euch ein Visum genehmigen. Wie euch bekannt ist, tun wir das in letzter Zeit nur noch in besonderen Fällen, um das Eindringen von Neugierigen und Vagabunden in unsere Region zu verhindern. Bezahlung erfolgt in der Unterwelt, ehe ihr zu den Gewürzfeldern kommt. Hinter dem Zollhaus erwartet euch eure Begleitung.«

Die Puppe erstarrte. Ihre Glasaugen blickten reglos geradeaus. Mumber Sull wollte sich noch einmal an die Vermummten wenden, doch Polderbag zupfte ihn am

Ärmel und schob ihn, sich tief vor den Kapuzenwesen verbeugend, zur Tür hinaus.

Die angekündigte Begleitung war eine der hohen, pestilenzialisch stinkenden weiblichen Zombies, wie Cugel sie als Wachen der geketteten Männer gesehen hatte. Sie winkte den dreien zu, ihr zu folgen, und führte sie zu einer Hütte, direkt vor der Öffnung in Steeps Jaw, an deren einer Wand ein vergilbtes Pergament mit kleiner Schrift hing. Die Zombie hielt davor an und leierte schnell den Text herunter. Da er in einer längst vergessenen Sprache gehalten war, verstand keiner der drei auch nur ein Wort, doch er erinnerte Mumber Sull an etwas.

»Die Inschrift an den Felsblöcken«, sagte er erschrocken, »besagt sie nicht, dass kein Diebesgut über die Schwelle gelangen kann? Wenn dem so ist, wie sollen wir sie dann mit dem Amulett überschreiten, in dessen Besitz wir zwar durch den Sieg über ein verbrecherisches Ungeheuer kamen, das man jedoch trotzdem als gestohlen betrachten muss?«

»In dieser Beziehung bestehen keine Schwierigkeiten«, beruhigte sie die Zombie. »Alle Amulette schließen Kräfte ein, die zu irgendeiner Zeit aus der Unterwelt hervorkamen. Im Augenblick der Rückkehr des Amuletts hört es auf, gestohlen zu sein. Dieser Punkt wurde bereits zu Zeiten Simbilis' rechtsgültig geklärt.« Die Zombie wandte sich wieder dem Pergament zu und las weiter.

Cugel war nachdenklich geworden. Unauffällig nahm er die beiden Beutel mit des Thans Gold und Skubbastücken. Er knöpfte sie eilig aneinander und befestigte einen aus einer Nadel gebogenen Haken daran.

»Kurz zusammengefasst«, erklärte die Zombie, die mit dem Ablesen fertig war, »bedeutet der Text dieses Pergaments, dass ihr sowohl eures Eigentums als auch eurer persönlichen Freiheit verlustig werdet, wenn ihr euch in der Unterwelt eines Kapitalverbrechens schuldig macht.«

»Es ist eine Beleidigung, auch nur daran zu denken, dass meine Begleiter und ich etwas Ungesetzliches tun würden!«, empörte sich der Than. »Wir betrachten deshalb Eure Worte als reine Formalität.«

»Meinen Herren ist es gleichgültig, in welchem Licht ihr diesen Vertrag seht«, erwiderte die Zombie, »solange ihr ihn unterzeichnet. Jeder von euch muss seinen Handballen als Beglaubigung auf das Pergament drücken.«

Nachdem die drei es getan hatten, überreichte ihre Begleiterin jedem ein kleines dickes Reptil, das einen lavendelfarbigen Schimmer ausstrahlte. Diese winzigen Wesen trugen eiserne Halsbänder mit Ketten, die die drei Pilger an ihrer Weste befestigen sollten. Die Reptilien ließen sich daraufhin auf ihren Schultern nieder. Nun führte die Zombie die drei über die Schwelle in die Unterwelt.

Kurz zuvor fiel Cugel einen Schritt hinter dem Than zurück und hing seine beiden Beutel mit Sülls Eigentum an dessen Gürtel. Als sie die dunkle Schwelle hinter sich gelassen hatten, holte Cugel eilig die Beutel zurück, noch ehe dem Than ihr Gewicht bewusst geworden war.

Die kleinen Reptilien strahlten ein dumpfes rosa Glühen aus, das jeden der drei mit genügend Licht versorgte, um ein paar Schritt weit zu sehen. Ein schwer beladenes Packtier folgte ihnen und vervollständigte den kleinen Zug.

»Wie kommt es«, fragte Cugel Polderbag leise, als sie bereits eine beträchtliche Strecke zurückgelegt hatten, »dass nichts von dem beachtlichen einseitigen Verkehr zu bemerken ist, von dem Ihr spracht? Wo sind die Karawanen mit den von den Schuldnern eingetriebenen Gütern? Wo sind die geketteten Schuldner selbst, die nach Euren Worten Nacht für Nacht in die Tiefe verschleppt werden, und von denen ich persönlich in Millions Gather einen Trupp sah? Statt des erwarteten infernalen Trubels gibt es hier nur trostlose Stille und Öde.«

Das stimmte. Die Stille war vollkommen. In all den Stunden ihrer Wanderschaft waren sie nicht ein einziges Mal auf andere Reisende, weder menschlicher noch dämonischer Natur, gestoßen. Das Glühen der Reptilien drang durch die Dunkelheit vor und hinter den dreien. In diesem Licht stapften sie auf der breiten, immer noch gut erhaltenen Straße dahin, die in weiten Schlangenlinien in die Tiefe führte. Fast an jeder Kurve waren zerfallene Terrassen, wo die Karawanen in früheren Zeiten eine Rast eingelegt hatten.

Die Gegend ringsum war nur sehr undeutlich erkennbar. Vorherrschend war ein raues Gestein, das grünlich glimmte.

»Die Öde, die Ihr so zu Recht bemerkt habt«, murmelte Polderbag nun in Antwort auf Cugels Frage, »ist einer Politik der Unterweltlords zuzuschreiben. Sie wollen nicht, dass der Umfang ihrer Plünderung bekannt wird, damit er nicht gar zu organisiertem Widerstand führt. Alle Gefangenen, sowohl als auch das beschlagnahmte Eigentum, wird des Nachts in die Tiefe geschafft, und gewöhnlich durch weniger bekannte Eingänge als Steeps Jaw. Befinden sie sich erst einmal in der Unterwelt, verteilen sie sich schnell.«

Die Zeit verging, ohne dass irgendetwas Bemerkenswertes die Eintönigkeit unterbrach. Zweimal hielt die Gruppe an, um zu essen, dann, um zu schlafen. Sie wussten nicht, wie bald sie wieder geweckt wurden, ihrer Meinung nach jedenfalls viel zu schnell für ihre müden Glieder. Danach ging die Wanderung endlos weiter.

Schließlich verlor sogar der Than die Geduld. Er rief nach der Zombie und verlangte eine Rast und Stärkung. Ihre übelriechende Begleiterin war ihnen während dieser letzten Etappe ziemlich weit vorausgeschritten, und sie führte auch das Packtier am Zügel. Sie erklärte dies als Vorsichtsmaßnahme, da dieser Teil der Straße, wie sie sagte, sehr unübersichtlich, ja sogar gefährlich war.

Mumber Sull rief ein zweites Mal, doch die Zombie reagierte auch jetzt nicht. »Mir kommt nun erst zu Bewusstsein«, murmelte Cugel, »dass ich schon längere Zeit ihren scheußlichen Gestank nicht mehr rieche. Ich glaubte schon, ich hätte mich daran gewöhnt.«

»Diese Kreatur hat uns verlassen und das Packtier mit unserer Verpflegung mit sich genommen!«, rief Sull entrüstet.

Nach dem ersten Schrecken stieß Polderbag triumphierend hervor: »Das löst das Problem für uns, wie wir uns ihr unbemerkt hätten entziehen können.«

Cugel schüttelte den Kopf. Er hatte ein ungutes Gefühl. »Etwas ist hier faul. Weshalb hat sie uns verlassen? Und wie sollten wir jetzt unseren Weg zu den Gewürzfeldern finden?«

Mumber Sull teilte jedoch Polderbags Begeisterung. »Wer weiß, aus welchen Gründen sie sich ihrer Verpflichtung entzogen hat. Es hat gewiss nichts mit uns persönlich zu tun. Und was ist einfacher, als auf dieser breiten Straße den Weg zu finden? Irgendwann werden wir auch auf Bewohner dieses Landes stoßen, die uns sicher weiterhelfen können.«

Cugel unterdrückte seine Bedenken, und das Trio setzte seinen Marsch fort. Sie waren jedoch noch nicht weit gekommen, als die breite Straße anfing, eben zu verlaufen. Sie wurde ziemlich schnell immer schmaler, bis sie schließlich nicht mehr als ein Steinpfad über ein flaches, dampfendes Moor war. Und dieser Sumpf war auf gespenstische Weise beleuchtet. Der phosphoreszierende Stein, der ihnen unterwegs oftmals aufgefallen war, bildete nunmehr eine geschlossene Decke über dem Moor und verbreitete ein düsteres Licht.

Leider wies der Steinpfad bald immer breitere Risse auf, so dass sie des Öfteren über dampfende Stellen hüpfen mussten, um wieder auf einigermaßen trockenen Boden zu gelangen. Nach einer Weile endete die Straße sogar ganz. Stellenweise stapften sie durch wadenhohen Schlamm. Durch ihre Bemühungen, auf wenigstens einigermaßen sicherem Grund zu bleiben, kamen sie nur noch in unregelmäßigem Zickzackkurs voran, zwischen schwarzem blubberndem Moor hindurch und gelben Teppichen aus Blasenpilzen.

Es stellte sich bald heraus, dass dieses Sumpfgebiet eine unvorstellbare Zahl von Wesen behauste. Die meisten waren froschähnlicher Statur, doch waren auch geflügelte darunter. Als sich die Augen der Wanderer an das Licht gewöhnt hatten, konnten sie sie bald schon aus der Ferne unterscheiden, obwohl sie sich gewöhnlich schnell versteckten, wenn sie die Menschen nahen sahen.

Ein Grät mit Fledermausflügeln erhob sich quiekend in die Luft und bewarf sie mit seinem Kot. Eine Meute Banditenratten überquerte in ihrer Verfolgung eines Schrills ihren Weg. Einen Augenblick später erschraken sie über ein aufgeregtes Schreien, das ihnen zu gelten schien.

»Missetäter! Verbrecher! Halt! Ich verlange Gerechtigkeit!« Die drei blieben stehen und drehten sich um. Ein Hidlingweibchen schäumte vor Wut und deutete den mittleren Finger ihrer dreifingrigen Pfote anklagend auf sie. Das heißt, sie deutete auf Polderbag, den sie auch direkt beschuldigte. »Du! Du Fettwanst! Du bist der

Mörder, der mein Kind getötet hat. Und die zwei neben dir sind deine Komplizen.« Die tobende Gestalt starrte nun auf etwas, das sie an ihre Brust drückte. »Ja, mein Sohn, er war es, dessen watschelnde Hässlichkeit deine Schönheit auslöschte. Oh, mein geliebter Snoddkip, nun habe ich dich verloren!« Das Ding, das sie an sich presste, schien nicht mehr als ein schmutziger Lappen unbekannten Materials.

Polderbag fasste sich als Erster. »Ich, ein Mörder!«, rief er. »Welch infame Verleumdung!« Der Dicke blickte sich unsicher um, denn das Geschrei des Hidlingweibchens hatte eine beachtliche Zahl Sumpfbewohner angelockt. Ihr Knurren, Gemurmel und wütendes Zischen verriet unverkennbar, wessen Partei sie ergriffen hatten.

»Verleumdung, heh?«, schrie die ihres Kindes beraubte Mutter. »Ich bin Zeuge deiner Schuld! Willst du vielleicht gar einen Meineid schwören und diese Sünde noch dem Mord hinzufügen? Du unverschämter, gemeiner Oberweltler! Oh, mein Sohn, mein heiß geliebtes Poddlewortchen, du sollst gerächt werden. Ich verlange eine Gerichtsverhandlung!«

Die weiter anwachsende Zuschauermenge stimmte in ihren Ruf ein: »Gerichtsverhandlung! Gerichtsverhandlung!« Gleich darauf rief einer am Rand der Neugierigen: »Bogwad!« Auch dieses Wort wurde aufgegriffen, und nun brüllten alle: »Bogwad! Bogwad!«

Plötzlich bildete die Menge eine Gasse, um eine aufgequollene Gestalt hindurchzulassen, die auf die drei zuwatschelte. Sie hob schwabblige Arme, und sofort verstummten die Sumpfkreaturen.

Bogwads flacher, halsloser Schädel saß auf einem fast kugelförmigen Rumpf. Er musterte die Reisenden, und sein Maul, ein langer Strich, bog sich zu einem breiten Lächeln.

»Ein gar seltenes Vergnügen«, dröhnte seine Stimme, »hier bei uns Fremde begrüßen zu dürfen. Sie bringen einen Hauch der großen Welt in unseren kleinen Sumpf. Nur wundert es mich, dass ihr so schnell die Aufmerksamkeit so vieler meiner Untertanen auf euch gelenkt habt.«

»Wundert Euch nicht länger, mein Lord«, kreischte das Hidlingweibchen. »Diese Ausländer sind des Kindsmordes schuldig und müssen bestraft werden.«

»In diesem Fall«, erklärte Bogwad, ohne auf die Einwürfe des Trios zu achten, »ist eine Gerichtsverhandlung angebracht.« Die Menge trat ein wenig zurück, und ein langer Tisch tauchte aus dem Moor auf, hinter dem sich die Stühle rasch mit erstaunlich raubtierhaft aussehenden Sumpfkreaturen füllten, den Schöffen offenbar. Dann sprang noch ein hoher Sessel aus dem Boden. Bogwad pflückte einen Busch der gelben Blasenpilze und stülpte ihn sich wie eine Richterperücke über den Schädel, ehe er sich auf dem Amtssessel niederließ. »Die Verhandlung ist eröffnet«, erklärte er. »Das Wort hat die Anklage.«

Die trauernde Mutter trat vor das Gericht – einige der Beisitzer hatten Stoßzähne und Rüssel, andere waren augenlos, wieder andere hatten eine Vielzahl Augen und gewaltige Rachen – und machte eine hilflose Geste. »Teure Nachbarn und Freunde. Ich werde mich kurz fassen, da der Tatbestand ohnehin klar ist. Was haben wir schon vom Leben, wenn wir tot sind? Haben das die Mörder meines so schönen, liebenswerten Kindes auch nur eine Sekunde bedacht? Nein! Sie zertraten meinen unersetzbaren Sohn, während er unschuldig am Rand seines Kriechplatzes spielte!« Das Hidlingweibchen hielt inne. Die Schöffen, die Zuschauer und auch Bogwad applaudierten.

Polderbag konnte sich nicht mehr zurückhalten. »Ich bestehe auf einer Untersuchung des Corpus delicti!« Er trat an das Weibchen heran. »Was du da als sterbliche Überreste deines Kindes bezeichnest, scheint mir nicht mehr als ein Stück Abfall oder ein fauliges Blatt.«

»Oh, diese Beleidigung! Du bist für die Verstümmelung meines Ein und Alles verantwortlich!« Die Mutter übergab die sogenannten Überreste den Schöffen, wo sie verschwanden, noch ehe Polderbag sie hätte genauer betrachten können. Der wütende Zauberer wurde von Bogwad zurückgewinkt, während das Hidlingweibchen schrill klagte: »Wie schön waren die kindlichen Züge meines geliebten Gloobnags! Welch vielversprechendes Leben lag vor ihm! O gnadenlose Verstümmelung! Was von ihm blieb, scheint wahrhaftig nicht mehr als ein Stück Abfall oder ein fauliges Blatt! Kann es sein, dass eure Entrüstung über diese schreckliche Tat, geschätzte Nachbarn, schläft? Wollt ihr, dass sie ungesühnt bleibt?«

Wieder beantwortete lebhafter Applaus von allen, außer dem Trio, die Worte des Weibchens. Sie dankte mit gesenkten Augen und setzte sich auf einen Stuhl. Bogwad wandte sich an die Pilger. »Eine herzerweichende Rede, findet Ihr nicht auch, Ehrenwerte Missetäter? Wollt Ihr die Geschworenen durch eine langatmige Verteidigung verwirren?«

»Wir wehren uns gegen diese haltlosen Beschuldigungen!«, erklärte Mumber Sull energisch. »Wir sind uns keines Verbrechens, schon gar nicht eines Kindsmordes, bewusst und verlangen eine sofortige Bestätigung unserer Unschuld!«

»Das ist eine ungeheure Anmaßung«, grollte Bogwad. »Ihr habt kein Recht, etwas, das Aufgabe des Gerichts ist, zu verlangen. Ihr müsst für dieses Verbrechen der

Unpassenden Äußerung bestraft werden, und die Strafe besteht darin, dass ihr nicht in eigener Sache aussagen dürft. Aber, meine Herren«, Bogwad lehnte sich vertraulich vor und lächelte, »das ist wohl kaum als Strafe zu betrachten. Sie verhütet schließlich eine endlose Hinziehung des Prozesses, die euch sicher genauso wenig gefallen würde wie allen anderen Anwesenden. Kommen wir nun zur Einschüchterung der Ehrenwerten Missetäter.«

Ein Trupp Sumpfriesen, jeder drei Meter groß, erschien und umringte die Reisenden. Sie hielten mit Symbolen gravierte scharfzackige Stalaktiten in den Händen. Bogwad wandte sich wieder an das Trio. »Zum Schluss noch eine Formalität, die eure Unschuld feststellen wird, dann wollen wir euch nicht länger aufhalten. Beachtet die Zeremonienkeulen der Riesen. Durch einen Zauber Simbilis' sind sie nicht imstande, einem Unschuldigen etwas anzutun. Die Riesen werden also die Keulen mit aller Kraft auf eure Köpfe herabsausen lassen. Aber natürlich wird ihre Berührung nur wie die einer Feder sein, denn ihr seid ja unschuldig, wie ihr sagt. Und indem sie euch nichts anhaben können, ist eure Unschuld bewiesen.«

Mumber Sull stieß einen begeisterten Schrei aus. »Hah! Durch eure eigenen Worte erkennt ihr hier Simbilis als euren Herrn an. Er lebt also noch und herrscht über euch. So wisset denn, dass wir, die ihr so verleumdet und ohne Verteidigung aburteilt, Vasallen und Vertreter Simbilis' XVI. sind. Das Klügste für euch ist, alle Schritte gegen uns einzustellen und uns sofort zu eurem Herrn zu bringen.«

Bogwads Brauen hoben sich, und er erwiderte mit trockenem Lächeln: »Euer Eifer übertreibt die Macht eures Meisters in der Unterwelt. Selbst wenn wir annehmen, dass er noch am Leben ist, da er sich immer noch gegen jene wehrt, die ihn belagern, ist sein Herrschaftsbereich doch arg geschrumpft und nicht mehr als ein umkämpftes Landgut in der Glaswüste. Doch stimmt es, dass einige seiner Zauber auch jetzt noch unseren Bemühungen trotzen, sie unwirksam zu machen. Und so kommen wir wieder zur Sache zurück. Ihr seht also, dass ihr als Unschuldige die Keulen nicht zu fürchten braucht ...«

Der Than richtete sich stolz auf. »Wir werden wahrlich immun gegenüber selbst der größten Kraftanwendung der Riesen sein. Simbilis' Gefolgsleute können nur achtbare, eines Verbrechens unfähige Männer sein. Doch erstaunt es mich, dass ihr Simbilis als belagert und in seinem Herrschaftsbereich als eingeschränkt bezeichnet, wenn ihr im gleichen Atemzug gesteht, dass die Gerechtigkeit seines Zaubers weiterhin bindend für euch ist und eure Mordinstrumente unschädlich macht.«

Bogwad zuckte die runden Schultern, und die Sumpfriesen holten mit den Keulen aus. »Aber ihr müsst doch einsehen«, rief Cugel eindringlich, »dass selbst ein Mann, der möglicherweise nicht ganz ehrlich ist, nicht unbedingt ein Kindsmörder sein muss.«

»Wir befolgen nur die Vorschriften«, erklärte Bogwad kühl. Die Riesen traten einen Schritt näher.

»Was ist die Strafe für Kindsmord?«, erkundigte sich Polderbag mit fahlem Gesicht.

»Kerker und Beschlagnahmung des Eigentums«, erwiderte Bogwad.

»Ich kann meine Tat nicht länger abstreiten«, erklärte Polderbag. »Ich bin schuldig.«

»Er sagt die Wahrheit!«, warf Cugel erleichtert ein. »Meine Empörung erweist sich nun doch als stärker als meine Loyalität gegenüber meinem Begleiter. Mit meinen eigenen Augen sah ich, wie er das Kind zertrampelte, ohne auf dessen flehentliches Schreien zu achten.«

Polderbag nickte heftig. Als Sull seiner Entrüstung Luft machen wollte, schnitt Bogwad ihm das Wort ab. »Widerspruch wäre sinnlos. Ihr habt eure Schuld selbst gestanden. Wenn einer der Tat als solcher schuldig ist, sind die beiden anderen ebenfalls schuldig, da sie sie nicht verhinderten. Die Wachen werden euch nun abführen.«

Sull, Cugel und Polderbag wurden mit Ketten um Hals und Mitte aneinandergefesselt und von den Riesen fortgebracht.

Sie hatten erst wenige Schritte getan, als Cugel einen Blick über die Schulter zurückwarf. Die Menge der Neugierigen war genauso wenig zu sehen wie Richter, Beisitzende und Gerichtsmobiliar. An der Stelle, wo sie sich noch vor einem Augenblick befunden hatten, stieg dichter Dampf auf.

6. Das Haus über dem Fluss

Die Sumpfriesen brachten ihre aneinandergeketteten, waffenlosen Gefangenen nur ein Stück des Weges, dann übergaben sie sie der Zombie, die den Reisenden ursprünglich als Begleiterin mitgegeben worden war. Sie hatte nun eine Gefährtin bei sich, die genauso grässlich wie sie selbst anzusehen war. Beide trugen Peitschen, deren Schnüre aneinandergereihte, lebendige blaue Hornissen waren. Die erste Zombie gab den Sumpfriesen einen befehlenden Wink. Diese machten daraufhin kehrt und verschwanden schnell im wallenden Nebel des Moores. Die Zombies bezogen links und rechts von den drei Gefangenen Posten und forderten sie zum Weitermarsch auf.

Mumber Sull begann sich lautstark zu beschweren, aber ihre ehemalige Führerin wehrte ab. »Eure Aufregung ist sinnlos. Ich handle nun ausschließlich in meiner Eigenschaft als Wächterin und habe den Befehl, euch im Kerker abzuliefern. Ihr habt euch von nun an absolut ruhig und schweigsam zu verhalten. Die Reptilien auf euren Schultern werden uns helfen, dieses Schweigen durchzusetzen, indem sie selbst euer leisestes Geflüster laut wiederholen.«

Und wahrhaftig, die schimmernden kleinen Kreaturen lauschten eifrig und plapperten schrill nach, was sie hörten, und das wiederum brachte die Peitschen der Zombies in Aktion. Von nun an wagten die drei nicht mehr, ihren Mund zu öffnen, sondern stapften verbissen durch den Schlamm und die giftigen Dünste des Sumpfes.

Doch selbst dieser endete schließlich. Seetangähnliche leuchtende Pflanzen überzogen nun dicht den schräg abwärts führenden Boden und wurden schließlich zu immer höher wachsenden purpurfarbigen Büschen, die aus der Ferne wie düstere Feuer aussahen. Sie waren es nun, die der Gruppe die einzige Beleuchtung – von den Reptilien abgesehen – boten, denn die phosphoreszierende Felsendecke war verschwunden.

Steiler und steiler abwärts führte der Weg jetzt, und von jedem der leuchtenden Purpurbüsche, die aus einzelnen fleischigen Tentakeln zu bestehen schienen, sickerte eine schleimige Flüssigkeit, die wie verfaulte Fische stank und den jetzt steinigen Grund glitschig machte. Immer wieder rutschte einer der drei aus und riss mit den Ketten auch die beiden anderen zu Boden. Sie hielten sich an den rauen Steinen, aber auch an den Büschen fest, deren Tentakel ihnen auszuweichen versuchten. Offenbar waren die Büsche gar keine Pflanzen, sondern niedere Tiere. Bald mussten sie diese Kreaturen, die sich wie Nacktschnecken anfühlten, immer öfter berühren, um den nun dicht an dicht damit bedeckten Steilhang nicht hinunterzustürzen. Es dauerte deshalb auch nicht lange, und alle drei waren bis auf die Haut mit der schleimigen Flüssigkeit durchnässt, deren Gestank ihnen anfangs den Appetit auf den Nährbrei raubte, den die Zombies ihnen vorsetzten. Als der Hunger jedoch die Überhand gewann, schluckten sie ihn gierig. Für diese Phase des Weges benötigten sie nämlich viele Tage und Nächte – Nächte, während derer sie sich nur wenige Stunden in nasse, tropfende Grotten zurückziehen durften, und wo sie aus bleiernem Schlaf gerissen wurden, nur um sich weiter den schleimigen Steilhang hinabzutasten.

Die nächste Wegphase sahen sie bereits zwei volle Tage vor sich, ehe sie sie am Fuß des leuchtenden Pflanzenbergs erreichten. Es war eine Ebene mit Bächen, die von der Absonderung der Tentakelpflanzentiere gebildet wurden. Die Zombies bestimmten einen Kurs entlang einem Bachbett. Von oben war schon ersichtlich gewesen, dass die Bäche schließlich in wenigen breiten Flüssen zusammenliefen. An einen davon kamen auch sie nach einem Dreitagemarsch und folgten ihm auf einem schmalen Uferweg, als sich der Fluss tosend durch eine hohe Schlucht brach. Der Weg bestand aus spitzen Steinen, des Öfteren von der schleimigen Flüssigkeit bespritzt, und war noch viel beschwerlicher als der Abstieg zuvor. Hier gab es keine weichen, wenn auch ekelerregenden Schleimwesen, die einen Fall gemildert hätten, dafür aber eine ungeheure Menge Landkrebse, deren Panzer den Steinen glich. Wenn einer der Gefährten darauf trat, was sehr häufig vorkam, brachen sie mit plötzlicher Heftigkeit aus, und alle drei der Aneinandergeketteten stürzten unweigerlich zu Boden. Die Zombies hatten diese Schwierigkeiten mit ihren klauenartigen Füßen nicht.

Aber selbst wenn die Menschen nicht auf die Krebse traten, bereiteten diese ihnen Unannehmlichkeiten. Die kleinen Kreaturen waren nämlich äußerst reizbar und schienen einander nicht ausstehen zu können. Immer wieder fielen sie übereinander her, und der Streit griff um sich. Ein regelrechter Miniaturwirbelsturm von Mannshöhe ergab sich, und wehe, wenn die kleine Gruppe in einen davon hineingeriet. Sie landeten nicht nur auch dann auf den spitzen Steinen, sondern trugen auch noch unzählige blaue Flecken und zahllose Bisswunden davon. Ungerührt zerrten die Zombies sie immer wieder auf die Füße und stießen sie vor sich her.

Am vierten Tag des Ufermarsches nahm die Zahl dieser Krebsstürme so zu, dass die Zombies ihre Gefangenen unter die Arme klemmten, um sie nicht ständig hochzerren zu müssen. Sie brauchten sie jedoch nicht lange zu tragen, denn nach ein paar Stunden erreichten sie ein Delta, wo ihr Fluss sich einem breiteren näherte. Das Land dazwischen war kaum mehr als eine Mauer natürlichen Felsens, die die beiden purpurnen Ströme voneinander trennte. Doch über dieser Mauer war eine riesige Plattform errichtet, die an beiden Seiten weit über die Flüsse ragte und an beiden von gewaltigen Pfeilern gestützt wurde.

Die Gruppe näherte sich einem dieser Pfeiler. Eine Rampe führte von ihm über die Hälfte des schäumenden Flusses auf das mauerdünne Festland. Sie kletterten darauf und starrten auf das massive Bauwerk über ihren Köpfen. Die Unterseite dieser Plattform lag im Dunkeln, denn sie war zu hoch, als dass das Leuchten des Flusses sie noch erreicht hätte. Aber auf der Plattform selbst musste sich zweifellos eine Lichtquelle befinden, denn ihr Rand war gut zu erkennen.

Ein glühender roter Streifen führte an der Außenseite des Pfeilers empor. Die Wächterinnen schoben ihre Gefangenen gegen dieses grelle Band aus dunstiger Substanz. Sofort wurden sie davon erfasst, mit beachtlicher Geschwindigkeit in die Höhe getragen und halb bewusstlos auf der Plattform abgeladen. Unmittelbar nach ihnen kamen auch die Zombies an.

Fasziniert betrachteten die drei die ungewöhnliche Lichtquelle der Plattform. Sie hing hoch über ihrer Mitte in der Schwärze, ohne irgendwo befestigt zu sein, und sah aus wie eine riesige Glockenblume, mit dem weit geöffneten Kelch nach unten. Sie strömte ein orangefarbiges Licht aus, das ein wenig düster wirkte.

Die Plattform selbst diente als Frachthafen, auf dem ungeheure Aktivität herrschte. Die Güter kamen über verschiedene Laufbänder hier an. Sie waren alle in durchsichtige Kugeln unterschiedlichster Größe verpackt. Insektenwesen schleppten oder rollten sie zu Lagerhallen oder Sortierplätzen. Diese Insektenarbeiter waren an Größe genauso verschieden wie die Frachtblasen.

Der größte Teil der Kugeln schien für eine Weiterbeförderung flussabwärts bestimmt, denn viele wurden einfach über den Plattformrand an der Mündung der beiden Flüsse gerollt. Doch sehr viel sahen die Gefangenen von dieser Arbeit nicht, denn man führte sie zur gegenüberliegenden Seite der Plattform, auf ein Gebäude zu, das gewiss gut dreißig Meter hoch war. Kräne ragten von dem flachen Dach empor. Offenbar diente dieses Bauwerk als eine Art Kontrollpunkt mit eigenem, kleinerem Frachtdeck.

Als sie näher herangekommen waren, deutete Mumber Sull auf die S-förmige Rune über dem Eingang. Triumphierend rief er: »Bogwad behauptete, Simbilis habe hier keine Macht mehr, doch überall sieht man sein Zeichen. Zweifellos ist dieser Frachthafen ein Werk des großen Zauberers.«

»Das ist er auch«, erwiderte die ehemalige Zombiebegleiterin, der es nun am Ende der Reise offenbar gleichgültig war, dass das Schweigegebot gebrochen wurde. »Nur dient der Handel hier nun Zwecken, die Simbilis' Interessen genau entgegengesetzt sind. Die Güter, die hier weitergeleitet werden, gehören zum größten Teil zur Belagerung von Simbilis' letztem Stützpunkt, der zweifellos bald fallen wird. Alle Einrichtungen, die wir von Simbilis übernommen haben, wurden für unsere Zwecke umgewandelt. Der Kerker, in den wir euch nun bringen werden, ist ein gutes Beispiel dafür.«

Sie betraten einen fast endlosen Raum, der von vereinzelten Flecken gelben Lichtes schwach erhellt wurde. Als sie sich daran gewöhnt hatten, sahen sie, dass der Boden zwar asphaltiert, aber nicht eben war, sondern sich hob und senkte und so unzählige kleine Hügel, Mulden und Gruben bildete. Das Licht kam aus Teichen und Lachen gelblicher glühender Flüssigkeit, die sich in einigen der verschieden großen Mulden gesammelt hatte. Die Zombie machte eine weit ausholende Geste.

»Das hier war früher einmal der Warte- und Erholungsraum für Reisende. Ein Leuchtröhrensystem verbreitete helles Licht über die bequem gepolsterten Sitzanlagen. Wir punktierten die Röhren, damit sich die Leuchtflüssigkeit in den Gruben sammelt, die wir als Kerker verwenden. Und da wir von Kerker sprechen .....«, sie drehte sich zu der zweiten Wächterin um, »... wo bleibt diese saumselige Slog? Müssen wir wieder endlos herumstehen, bis unseren Gefangenen endlich Gruben angewiesen werden, während die dafür Zuständige ihre Pflichten vernachlässigt?«

Die andere spuckte klebrigen Speichel aus. »Bei Slogs Statur und ihrer Bösartigkeit würdest du wohl kaum wagen, in ihrer Gegenwart so zu reden.«

Die erste fauchte aufgebracht. »Slog weiß sehr wohl, was ich von ihr halte. Was ihre Bösartigkeit betrifft, darin stehe ich ihr kaum nach, du wirst deine unüberlegten Worte noch bereuen. Wir werden die Gefangenen einstweilen in den nächstbesten Gruben absetzen, dann läufst du zu Slog, um genauere Anweisungen zu holen.«

Das Trio wurde zu einer Grube gebracht, über der ein Metallgitter befestigt war. Die untergebene Zombie hob es ächzend, woraufhin die erste die drei Geketteten hineinstieß. Die Grube war etwa mannshoch, und das Gitter unmittelbar über ihren Köpfen. Während die eine Zombie wie befohlen weglief, schimpfte die ursprüngliche Begleiterin der drei Pilger wütend auf die pflichtvergessene Slog, die ihr hohes Amt nicht verdiente.

Polderbag wandte sich mit ernstem Gesicht an sie. »Ihr habt unser volles Mitgefühl. Es ist ungerecht und ärgerlich, wenn jemand auf einem verantwortungsvollen Posten sitzt, den er nicht auszufüllen imstande ist. Verstehe ich recht, dass Ihr mit Eurer Vorgesetzten nicht einverstanden seid?«

»Sie ist mir, außer an körperlicher Kraft, in jeder Weise unterlegen. Ihr Benehmen ist unverzeihlich. Die Vorschriften besagen ausdrücklich, dass jede hier Beschäftigte anteilmäßig völlig gleich von der Devitalisierung der Gefangenen profitieren soll. Aber Slog beansprucht die meisten Eingelieferten für sich allein. Rechtmäßig sollten meine Kollegin und ich, beispielsweise, je ein Drittel eurer Lebenskraft erhalten. Aber Slog wird sie uns vorenthalten. Sie allein wird sich damit vollaufen lassen. Deshalb ist sie auch von gerade obszöner Stärke, die es ihr erlaubt, ihre unterernährten Schwestern herumzukommandieren.«

»Wird das unser Ende sein?«, krächzte Polderbag.

»Oh, euer Geschick geht weiter«, versicherte die Zombie ihnen, »nur werdet ihr nach eurer Devitalisierung kein Interesse mehr daran haben. Eure leere Hülle wird per Frachtblase in die Glaswüste transportiert, wo die Kadaver für Experimente recht nützlich sind.« Sie hielt inne, als die andere Zombie zurückkam und erklärte: »Die Gefangenen sollen einstweilen jeder für sich in irgendwelche Gruben geworfen werden, denn Slog wird sie bereits in Kürze benötigen. Erst verlangt sie jedoch das Amulett, als Sühne für den Kindsmord. Die Gefangenen selbst müssen unmittelbar danach – lebend und unbeschädigt – einer nach dem anderen zu ihr gebracht werden.«

»Dann hilf mir, die drei zu trennen«, knurrte die höhere Zombie.

»Nur den Ersten«, brummte die andere. »Ich bin der Patrouille zugeteilt und muss mich beeilen.«

Die beiden Zombies hoben das Gitter, lösten Polderbag von den Ketten und hoben die beiden anderen heraus. Dann verschlossen sie das Gitter wieder. Die untergebene Zombie rannte, um ihrer Streifenpflicht nachzukommen, und ließ die andere mit den beiden Gefangenen zurück.

»Gebt mir jetzt das Amulett«, verlangte sie. »Ihr habt dann noch ein wenig Zeit, ehe ihr auch euer Leben geben müsst.«

Mumber Sull machte keine Anstalten, ihr das Amulett auszuhändigen.

Cugel deutete auf den Beutel am Gürtel des Thans. »Mein Herr bewahrt es dort auf«, erklärte er.

Sull starrte ihn über diesen Verrat ungläubig an.

Die Zombie zog das Amulett heraus und brummte: »Auch das wird Slog für sich allein beanspruchen. Es ist eine gemeine Ungerechtigkeit.«

»Wie dem auch immer sei«, murmelte Cugel mit scheinbarer Aufregung und zitternder Stimme, »hängt es Euch keineswegs um.«

Diese Worte und sein besorgtes Gesicht erregten offenbar die Neugier der Zombie, die sie jedoch zuerst zu verheimlichen suchte. Sie steckte das Amulett ein, dann klemmte sie sich die Gefangenen unter die Arme und schritt hangabwärts zu einer weiteren Grube, in die sie den Than schob. Als sie mit Cugel davor stand, holte sie das Amulett wieder heraus und betrachtete es.

»Weshalb hast du mir so verzweifelt abgeraten, es umzuhängen?«

»Weil ich die schreckliche Kraft fürchte, die sich auf Euch übertragen würde. Das Amulett vervielfacht die individuelle Stärke um ein Tausendfaches. Ich finde Euch angsteinflößend genug, so wie Ihr jetzt seid.«

Die Kreatur schien die Antwort nicht unglaubhaft zu finden. Aber dann fragte sie doch ein wenig misstrauisch: »Wenn das die Wirkung des Amuletts ist, weshalb hat dein Herr es dann nicht selbst verwendet, um seine Gefangennahme zu verhindern?«

»Der Than«, erwiderte Cugel glatt, »hält die Ehre und Würde seines hohen Ranges für unübertrefflich. Er verachtet die Verwendung von Zauber.« Mit dieser Antwort hoffte er, unüberlegte Einwände des Thans abzuwenden, der diese Erklärung tatsächlich mit majestätischem Nicken bestätigte. Auch die Zombie schien zufrieden.

»Auch mir ist die Überheblichkeit deines Herrn aufgefallen. Er ist ein Narr.« Sie betrachtete das kostbare Amulett mit einem breiten Grinsen. »Slogs Stunde hat geschlagen!«, rief sie triumphierend und hängte sich den Talisman um den Hals.

Cugel spürte, wie der Griff um seine Handgelenke plötzlich bedeutend schwächer wurde. Er warf sich auf die bleiche Gestalt, die zitternd und verwirrt vor ihm stand. Er fesselte und knebelte sie mit ihrem eigenen Gewand, das von ihr abgefallen war, als sich ihre Gestalt plötzlich so sehr verkleinert hatte. Er band sie fest zusammen, damit sie sich nicht gleich befreien konnte, wenn er sich das Amulett zurückholte und sie dadurch ihre ursprüngliche Größe wiedergewann.

Mit den Schlüsseln, die aus dem Gewand gefallen waren, öffnete er eilig die Gitter von Mumber Sülls und Polderbags Grube und half den beiden heraus. Jetzt erst nahm er der Zombie das Amulett wieder ab, und blitzschnell wuchs sie zu ihrer vorherigen Höhe. Glücklicherweise hielten die Fesseln, nur vom Knebel hatte sie sich sofort befreit und brüllte aus Leibeskräften.

Polderbag betrachtete betrübt seinen von gelber Leuchtflüssigkeit getränkten Körper. »Ihr Kerkersystem ist ausgesprochen klug ausgedacht«, brummte er missmutig. »So wie der Than und ich aussehen, können wir uns nicht einmal in der Dunkelheit verbergen.«

»Wir müssen fliehen«, drängte Cugel, denn schon erschienen am Eingang die ersten Kolleginnen der immer noch brüllenden Zombie. Er hob ihre Hornissenpeitsche auf und rannte mit seinen beiden Gefährten auf ein grünes Licht zu, an dem dem Eingang gegenüberliegenden Ende des so unebenen Raumes. Sie hofften, es möge sich um eine Tür handeln, und tatsächlich, es war eine. Aus einem Sprechgerät unmittelbar daneben erklang eine keifende Stimme.

»Arkla! Arkla! Gehirnlose Dienerin! Wo bleibt mein Amulett? Beeil dich, ich werde ungeduldig!«

»Das ist sicher Slog«, meinte Cugel. »Wenn wir sie überraschen, können wir sie vielleicht gemeinsam überwältigen und auf dem Weg fliehen, der für unsere geistlosen Körper bestimmt war.«

Die immer näher kommenden Zombies zwangen zum sofortigen Handeln. Ganz dicht schon dröhnte eine Stimme: »Wir müssen ihnen den Weg vor der Tür abschneiden. Stationsmeisterin Slog ist allein. Die drei könnten ihr etwas antun.« Als Sull und Cugel das hörten, zögerten sie nicht länger. Sie liefen noch schneller und erreichten die Tür weit vor ihren Verfolgerinnen.

Polderbag rief kläglich: »Aber wenn es eine Falle ist?« Trotzdem rannte er mit.

Das leuchtende Grün der Tür, gegen das sie in ihrer Hast prallten, stellte sich als Transportband heraus, das sie durch einen Schacht in die Höhe brachte. Cugel fand als Erster das Gleichgewicht und seine Fassung wieder.

»Die Bemerkung unserer Verfolgerinnen mochte vielleicht wirklich dazu dienen, uns in die Falle zu locken. Möglicherweise war sie aber auch Verrat gegen die unbeliebte Slog und sollte uns sagen, dass wir in Ruhe gelassen würden, wenn es uns gelänge, sie zu töten. Beachtet, dass man uns nicht länger verfolgt.«

Sie blickten das lange Band bis zum helleren Eingang zurück, ohne etwas Verdächtiges zu bemerken.

»Das könnte jedoch auch bedeuten«, gab Polderbag zu bedenken, »dass sie vorausgeeilt sind und uns irgendwo auflauern werden.«

»Pessimismus führt zu nichts«, tadelte Sull. »Unsere Mission dient der Gerechtigkeit, und letztendlich siegt doch immer sie. Seid vorsichtig, das Ende des Laufbands ist nahe.«

Ein Torbogen kam in Sicht. Die drei versuchten, ihre Geschwindigkeit durch Rückwärtslaufen abzubremsen, doch vergebens. Sie wurden durch den Torbogen auf das Dach des riesigen Gebäudes geschleudert. Hier herrschte der gleiche rege Betrieb wie auf der unteren Plattform, und auch hier sortierten Insektenwesen aller Größen die Fracht und rollten die Blasen an den Rand des Daches, von wo aus Spiralrampen zur Plattform führten. Andere Blasen hingen von den unzähligen Kränen.

Aber nicht das ganze Dach diente offenbar als Frachtstation. Wo die drei vom Transportband geschleudert worden waren, stand ein gedrungenes Blockhaus mit einer Reihe niedriger Torbögen. Einer von ihnen spuckte eine Gestalt aus, fast noch ehe die drei Männer aufspringen konnten.

Diese Kreatur glich den anderen Zombies, die sie bisher kennengelernt hatten, außer dass die von schwabbliger Fettleibigkeit war. Ihre Wangen, schwammige Fettpolster, verbargen fast den offenen Mund, aus dem ein keuchendes Atmen drang. Als sie auf die drei zuwatschelte, krächzte sie: »Ist Arkla völlig von Sinnen? Sie schickt euch gemeinsam und frei von Ketten! Unverzeihlicher Verrat! Sie wird euch dafür in den Tod folgen.«

Als sie nahe genug heran war, setzte die feiste Gestalt zum Sprung an. Die drei verteilten sich und entwischten mühelos ihren ausgestreckten Klauen. Ihre Schwerfälligkeit war so groß, dass selbst Polderbag nicht befürchten musste, von ihr erwischt zu werden. Cugel wich ihr seitlich aus, und als er sich duckte, zog er ihr die Hornissenpeitsche über das Gesicht. Der Schmerz trug zu ihrer einzigen schnelleren Bewegung bei. Sie packte die Peitsche und riss sie Cugel aus der Hand, ehe er sie zurückziehen konnte. Heulend ballte sie die lebende Schnur in ihren Händen zu einer blauen formlosen Masse zusammen. Dann setzte sie mit ihrer Elefantenstatur wieder zum Angriff an.

Auch jetzt wichen die drei ihr mit Leichtigkeit aus und hielten gleichzeitig Ausschau nach einem Fluchtweg. Die Wut des Fleischkolosses wuchs noch durch die Frustration. Slog brüllte mit sich überschlagender Stimme nach ihren Untergebenen, doch keine ließ sich blicken. Schließlich hielt sie Ausschau über das Frachtdeck. »Sklaven!«, kreischte sie. »Sklaven! Nehmt diese drei fest! Fangt sie und übergebt sie mir.«

Die Insektenarbeiter schienen zu erstarren, dann drehten sie sich alle in exakter Gleichmäßigkeit und, als beherrsche ein einziger Gedanke sie, hüpften auf Sull, Cugel und Polderbag zu. Einige dieser Kreaturen waren sechs Meter hoch, und ihr Sprung trug sie über eine beachtliche Entfernung. Obgleich sie sich alle verhältnismäßig weit weg befunden hatten, war den drei Männern doch klar, dass sie schon in Augenblicken umzingelt sein würden.

Bei so imminenter Gefahr überlegte Polderbag nicht lange. Er starrte verzweifelt um sich. In nächster Nähe stand ein hoher Kran, von dem, etwa dreißig Meter über dem Dach, eine Frachtblase hing. Diese Kugel war groß genug, um ein dreistöckiges Haus zu enthalten – und das war hier auch der Fall. Darauf achtete Polderbag jedoch nicht. Alles, was er in seiner Panik sah, waren die Querbalken des Krans, die man im Notfall emporklettern konnte. Er stürzte sich darauf und zog sich daran hoch.

Sull und Cugel, obwohl ebenfalls verzweifelt, behielten einen klaren Kopf und sahen deshalb die Gefahren von Polderbags Entscheidung, aber sie erkannten auch, dass dieser Weg ihre einzige Chance sein mochte. Also kletterten auch sie hastig den Kran hoch.

Den Flüchtlingen war gerade so viel Zeit geblieben, hoch genug zu kommen, dass auch der größte der Insektensklaven, die nun fast alle heran waren, sie von unten nicht mehr erreichen konnte. Der Gedanke, selbst den Kran zu erklimmen, kam den Kreaturen offenbar nicht – vielleicht, weil es etwas war, das man ihnen noch nie zu tun befohlen hatte. Die drei profitierten durch dieses Zögern und gelangten immer höher, aber immer klarer wurde ihnen auch, dass ihre Zuflucht eine Sackgasse war.

Slog, aufgebracht über die Untätigkeit ihrer Sklaven, ballte wütend die zerstochenen Hände zu Fäusten. Eine neue Schmerzwelle überflutete sie, und mit ihr wuchs ihr Grimm. »Klettert ihnen nach!«, heulte sie. Doch als sie sah, dass alle gleichzeitig ihrem Befehl nachzukommen drohten, erschrak sie, denn der Kran würde dieses Gewicht nie aushalten.

»Halt! Zurück!«, brüllte sie. »Kylops VII wird den Menschen allein nachklettern. Kylops! Beweg dich! Bring sie lebend und bei vollem Bewusstsein zu mir.«

Einer der Sklaven, zweifellos der größte, begann hochzuklettern. Die Fliehenden spürten das Schwanken des Krangerüsts und blickten zurück. Der Schreck über ihren Verfolger trieb sie zu noch größerer Geschwindigkeit an.

Etwa dreißig schwindlige Meter über dem Dach erreichten sie den Ausleger des Krans, an dessen Ende, hoch über den emporstarrenden Sklaven, die riesige Frachtblase hing. Mit Kylops dicht auf den Fersen, blieb ihnen keine andere Wahl, als den Ausleger entlangzuhasten. Verzweifelt starrten sie auf die durchsichtige Frachtkugel, die von einer Art Ledergeschirr am Kranhaken gehalten wurde, und in der sich das dreistöckige Haus befand. Der Ausleger schaukelte entsetzlich, als nun auch der schwere Sklave darauf balancierte.

Von unten mussten die Bewegungen Kylops so langsam wie das Kriechen eines Käfers auf einem Zweig aussehen, denn der Anblick machte Slog halb wahnsinnig vor Ungeduld. »Willst du dich wohl beeilen, du Taugenichts!«, brüllte sie hinauf. »Klemm sie dir unter die Greifer und bring sie herunter!«

Ihr Wutgebrüll trieb den gehorsamen Riesen zwar an, aber je mehr er sich beeilte, desto heftiger schaukelte der Träger. Die drei Männer hatten sich haltsuchend auf den Boden geworfen und klammerten sich zitternd an den Ausleger.

Slog erkannte inzwischen jedoch, dass das Gewicht des Riesen nicht nur die drei Männer, sondern auch den Kran selbst in Gefahr brachte. Eilig überlegte sie sich einen Plan, der ihr die Gefangenen auf sicherere Weise und unbeschädigt ausliefern würde.

»Bring den Blasenöffner!«, zischte sie einem neben ihr gaffenden Sklaven zu.

Der Sklave sprang wie eine Heuschrecke auf das Frachtdeck und kehrte umgehend mit einem kleinen Stab zurück. Slog riss ihn ihm aus den Zangen und richtete ihn in die Höhe. Die Blase mit dem Haus zischte ein wenig, während ihre Oberfläche sich gleichzeitig einen weiten Spalt öffnete.

Die drei Flüchtlinge sahen, dass das Hausdach plötzlich frei lag. »Passt auf!«, sagte Cugel drängend. »Wenn wir uns die paar Meter fallen lassen, können wir vielleicht vom Dach aus in das Haus eindringen.«

»Aber gerade dadurch geben wir uns doch in Slogs Hände«, protestierte Polderbag.

»Unsere Flucht war improvisiert, niemand ahnte auch nur davon, als das Haus hierher gehängt wurde. Vielleicht finden wir in seinem Innern etwas, das uns weiterhelfen könnte. Waffen eventuell, von denen dieses Zombie-Ungeheuer da unten nichts weiß.«

»Mein Lehnsmann hat recht«, pflichtete Mumber Sull ihm bei.

»Also gut«, resignierte Polderbag seufzend, folgte jedoch sofort, als Kylops' Schritte noch näher kamen, Cugels Beispiel, der das Ledergeschirr hinunterkletterte. Auch der Than tat es ihnen gleich. Als sie genau über der Öffnung waren, sprangen sie.

Kalte Luft pfiff kurz um sie, und schon landeten sie unverletzt auf dem Dach. Slog beobachtete sie mit gierigen Blicken und richtete sofort, als sie sich innerhalb der Blase befanden, den Stab erneut in die Höhe. Zischend schloss sich der breite Spalt wieder. »Kranvormann!«, donnerte sie. »Lass die Blase herunter!«

Doch als sie sich umdrehte, um die Ausführung ihres Befehls zu überwachen, verwandelte sich ihr triumphierendes Grinsen zu einem Ausdruck des Entsetzens. Kylops VII, von den Schreien seiner Herrin noch angetrieben und verwirrt über das Verschwinden seiner Beute, machte einen heftigen Sprung. Einer seiner Klauenfüße blieb jedoch an einem Querbalken hängen. Mit voller Wucht plumpste die schwere Kreatur auf das Auslegerende.

Das hatte zweierlei zur Folge: Als der flexible Metallträger unter dem Gewicht nachgab, löste sich der Haken aus dem Ledergeschirr, und die Blase stürzte in die Tiefe. Beim Zurückschnellen schleuderte der Ausleger Kylops VII in hohem Bogen in die Luft.

Ohne auch nur das geringste Gefühl des Fallens sahen Sull, Cugel und Polderbag, wie das Frachtdeck auf sie zuraste. Sie duckten sich unwillkürlich und klammerten sich an die Bleischindeln des Hausdachs. Ein wenig über ihnen und seitlich entdeckten sie den verzweifelt rudernden Kylops.

Unter ihnen schien das Frachtdeck zu explodieren. Einen kurzen Moment sahen sie alles in normaler Größe, doch schon im nächsten schrumpfte das Ganze, als die ungemein elastische Blase wie ein Gummiball wieder in die Höhe hüpfte. Flüchtig bemerkten sie den zerschmetterten Leib Kylops' zwischen den Trümmern, die die aufschlagende Frachtkugel verursacht hatte.

Nicht nur war die Blase nun über die Höhe des Krans gehüpft, sie fiel auch tiefer und hinterließ diesmal auf der Frachtplattform ein Trümmerfeld. Verzweifelt klammerten sich die drei Gefährten an das Dach, obwohl sie auch jetzt in der Kugel weder ein Gefühl des Fallens noch des Fliegens empfanden. Aber allein der Anblick des hoch und tief sausenden Panoramas drehte ihnen den Magen um.

Noch höher schnellte die Blase von der zerstörten Frachtplattform, vorbei an dem riesigen, glockenblumenförmigen Lichtkörper, und noch tiefer fiel sie danach. Entsetzt schlossen die drei die Augen, als das purpurfarbige Nass der vereinten Flüsse über der Blase zusammenspritzte.

Doch es dauerte nicht lange, und ihre Kugel trieb friedlich inmitten vieler anderer den breiten Strom abwärts.

Mumber Sull, als Einziger der drei, sah die Situation rosig, hatte die Kugel doch genau die Richtung zu

Simbilis eingeschlagen. Das erklärte er auch den anderen, während sie versuchten, sich ein Bild ihrer Lage zu machen. Polderbag, der in der unnatürlich kalten Luft innerhalb der Blase genau wie Sull und Cugel fröstelte, hatte wenig Verständnis für des Thans optimistische Einstellung.

»Angenommen, Simbilis ist in der Tat in der Lage, jenen zu helfen, die ihm dienen«, brummte er. »Welche Chance haben wir denn, ihn überhaupt je zu erreichen? Haben wir nicht selbst erlebt, dass diese Frachtblase unzerstörbar ist? Wie wollen wir uns aus ihr befreien, ehe sie an ihrem Ziel angelangt, wo man uns aufs Neue gefangen nehmen wird? Doch selbst gesetzt den Fall, es gelingt uns, aus ihr zu entkommen, wie könnten wir je hoffen, zu Simbilis durchzudringen, von dem wir ja annehmen müssen, dass er völlig von den ihn belagernden Legionen der Dämonen eingeschlossen ist.«

Der Than winkte diese Einwände ab. »Glaubt Ihr denn tatsächlich an diese Lügen der Feinde des großen Simbilis? Meint Ihr wirklich, seine Zauber wären immer noch wirkungsvoll, wenn er tatsächlich schon so gut wie besiegt wäre, wie hier behauptet wird? Und wie wir uns aus dieser Hülle befreien können? Nun, lasst uns erst einmal das Haus betreten und uns darin umsehen. Es wäre leicht möglich, dass wir etwas Nützliches finden.«

»Ja, das scheint mir auch das Vernünftigste«, fiel Cugel ein. »Wie immer es auch um Simbilis steht, wir müssen einen Weg aus diesem Gefängnis finden, ehe die Frachtblase wieder von den Unterweltkreaturen übernommen wird, die sie am Ziel ihrer Reise zweifellos erwarten.«

Nachdem sie sich also einig waren, sahen sie sich um und fanden ein Dachfenster. Mumber Sull rutschte vorsichtig darauf zu, denn das Dach war ziemlich steil. Das

Fenster ließ sich glücklicherweise ohne Schwierigkeiten öffnen. Der Than kletterte als Erster hinein, seine beiden Gefährten folgten ihm dichtauf.

Sie befanden sich in einem mit alten Möbelstücken und aufgestapelten Truhen und Kisten überfüllten Speicher. Das purpurfarbige Glühen des Flusses, drei Stockwerke unter ihnen, trug wenig zur Beleuchtung bei und sorgte zudem noch für irreführende Schatten. Mumber Sull, der deshalb die Entfernung unterschätzte, rannte heftig gegen einen der höchsten Stapel. Kisten polterten auf den Boden, es regnete Bilderrahmen und alle möglichen Gegenstände. Der Krach war geradezu ohrenbetäubend.

Die Gefährten – alle drei waren halb unter dem Kram begraben – erstarrten, als sie eine schrille Stimme aufgebracht kreischen hörten:

»Was? Du hinterlistiges Scheusal! Du versuchst also einen Angriff von oben? Gib dir keine Mühe!« Mit der Stimme vernahmen sie nun auch Schritte, die die Treppe heraufttrampelten. Obgleich die keifende Stimme zweifellos einem nicht sehr kräftigen Mann gehörte, erschreckte sie die drei, die das Haus für leer gehalten hatten, doch sehr. Sie versuchten, sich unter dem Gerümpel hervorzuarbeiten, warfen dabei jedoch nur noch mehr um. Das Kreischen kam bereits vom Fuß der Speichertreppe. »Dieser sinnlose Trick ist dein Untergang. Du bist gefangen und dadurch in meiner Gewalt!«

Bei diesem letzten Schrei strömte von allen Seiten eine grüne gelatinartige Substanz auf die hilflosen Flüchtlinge ein, die jeden Laut verschluckte und alle Sinne betäubte, ja sie sogar in einem Maße lähmte, dass sie nicht mehr atmen konnten. Als sie völlig in die grüne Gallerte gepackt waren, hob etwas sie durch die Luft und trug sie die Treppe hinunter. Wie Fische auf dem Trocknen standen sie einem kleinen weißhaarigen Mann in Pelzumhang gegenüber, der sie verblüfft betrachtete.

Nachdem er seine Verwirrung überwunden hatte, machte er eine flinke Handbewegung, und die Gallerte löste sich von ihnen. Die drei Pilger stürzten auf den Boden, dass die grüne Masse, die nun knöcheltief den Boden bedeckte, hoch aufspritzte. Daran hatte der Kleine offenbar nicht gedacht, denn er hüpfte eilig in Sicherheit, während sich die drei erhoben.

»Zweifellos seid ihr keine Dämonen, die gekommen sind, sich unserer zu bemächtigen, noch erkenne ich in euch Verbündete des verdammungswürdigen Karf Klartbodd. Im Gegenteil, ich weiß nun, dass mein Bannspruch noch wirksam ist und der Unhold im Parterre gefangen sitzt. Doch wer seid ihr, und woher kommt ihr?«

Cugel, der die nervliche Belastung und Ungeduld des anderen sah, kam einer langen zeremoniösen Vorstellung des Thans zuvor. »Wir waren Gefangene der Dämonenmyrmidonen, doch gelang es uns, ihnen zu entkommen. Wir gelangten durch eine Reihe verschiedener Zufälle hierher, die zu komplex sind, sie in wenigen Worten zu schildern.«

»Eure abgespannten Züge und euer heruntergekommenes Äußeres scheinen die Wahrheit eurer Worte zu bestätigen«, erklärte der Fremde. »Ich muss im Augenblick leider auf Einzelheiten eurer Erlebnisse verzichten, da die Zeit drängt. Ich biete euch gute Bezahlung, wenn ihr sofort in meine Dienste tretet. Ich werde euch nicht lange benötigen. Weigert ihr euch, dann muss ich euch zur Reglosigkeit erstarrt in dieser Substanz zurücklassen, aus der ich euch soeben erst befreit habe.«

Mumber Sull verärgerte die herablassende Art des Weißhaarigen, aber Cugel und Polderbag nahmen das Angebot eiligst an, für das es ohnehin nur eine unerfreuliche Alternative gab. Der Than schwieg, wandte jedoch auch nichts dagegen ein.

»Dann sind wir uns also einig«, brummte der Fremde. »Ich bin Tor Anderbastor. Kommt mit, ich muss schnellstmöglich zu meinem Weib zurück. Sie mag jeden Augenblick gebären, genau wie dieser feige Karf Klartbodd jeden Moment einen weiteren Angriff auf sie starten kann.«

Nach dieser etwas mysteriösen Erklärung befahl Anderbastor den dreien, ihm zu folgen, und rannte den prunkvollen Korridor eines ursprünglich nicht weniger prunkvollen Hauses entlang, in dem es allerdings nun aussah, als hätte eine Schlacht gewütet, allerdings eine Schlacht unirdischer Natur. Stinkende Flüssigkeit tropfte von den Decken der kostbar ausgestatteten Zimmer, an denen sie vorbeiliefen, auf die dicken Teppiche herab und ätzte Löcher in sie. Die Tapeten warfen Blasen, sie waren versengt und rauchten zum Teil sogar noch.

Mumber Sull versuchte Näheres zu erfahren, doch Tor Anderbastor achtete überhaupt nicht auf ihn, sondern rannte nun die Treppe hinunter, von der einige Stufen verbrannt, andere ausgebrochen waren.

Im ersten Stock führte er sie hastig an der nach unten führenden Treppe vorbei. »Nähert euch keinesfalls der Barriere, die Karf ins Untergeschoss verbannt. Es hat unangenehme Folgen, sie sowohl von der einen als auch der anderen Seite zu berühren.« Zu sehen war von dieser Barriere nichts, aber die drei Pilger machten einen Bogen um den Treppenaufgang und eilten Anderbastor nach, der inzwischen ein Zimmer betreten hatte, das bedeutend besser beleuchtet war als der Speicher oder zweite Stock, da es dem phosphoreszierenden Strom um ein ganzes Geschoss näher war und zudem an einer Seitenwand ein riesiges Fenster hatte, durch das das purpurfarbige Licht voll einfiel. Deshalb war die Einrichtung des Raumes auch sofort zu erkennen, vor allem aber das breite Himmelbett, auf der eine gut aussehende, vollbusige Frau lag, deren gewölbter Bauch anzeigte, dass die Entbindung bevorstand.

Tor Anderbastor hielt der heftig keuchenden Schwangeren ein Fläschchen an die Lippen. Offenbar hatte die Flüssigkeit eine beruhigende Wirkung, denn die Frau entspannte sich sichtlich, nachdem sie sie geschluckt hatte. Tor überprüfte jede Einzelheit des Zimmers und danach das Fenster, vor dem sich offenbar eine seiner Barrieren befand. Dann drehte er sich zu den drei Reisenden um.

»Setzt euch, meine Herren«, bat er und wies auf drei Sessel am kalten Kamin. »Ich werde euch jetzt alles Nähere erklären, doch bitte seid wachsam, achtet auf alles Ungewöhnliche – das ist auch der einzige Dienst, den ich von euch erbitte, denn ihr müsst wissen, dass ich mich hier in einem Belagerungszustand befinde. Der verbrecherische Karf Klartbodd, mein ehemaliger Partner, ist auf meinen Ruin bedacht. Im Augenblick befinden wir uns in einem Patt. In der ersten Phase unserer Auseinandersetzung bekämpften wir uns oben, im zweiten Stock. Ihr saht selbst die Folgen dieser Schlacht. Doch dann wandte sich das Glück mir zu, und ich konnte ihn ins Erdgeschoss verbannen. Aber er gehört nicht zu jenen, die so leicht aufgeben. Er weiß, dass die Stunde meines Weibes nahe ist, wenn das, was er sich mehr als alles andere ersehnt, erscheinen wird. Er wird also ganz sicher wieder zuschlagen. Doch je näher die Entbindung kommt, desto mehr muss ich meine Aufmerksamkeit meinem Weib widmen, damit jenes, dem sie Geburt geben wird, nicht entflieht. Darum kann ich nicht mit voller Wachsamkeit auf eventuelle Angriffe Karfs achten. Aus diesem Grund ergriff ich – etwas übereilt vielleicht – die Gelegenheit, euch in meine Dienste zu nehmen. Seid versichert, wenn ihr mir helft, wird eure Belohnung beachtlich sein. Doch nun, solange uns dazu noch Muße bleibt, bitte ich euch, mir zu erzählen, wie ihr hierher kamt.«

Tors Misstrauen, gepaart mit seinen bereits bewiesenen magischen Kräften, ließ die drei schnell seine Neugier befriedigen, obwohl ihre eigene, hervorgerufen durch bestimmte Bemerkungen des Weißhaarigen, gewiss nicht weniger groß war. Cugel war soeben mit seiner Berichterstattung zu Ende, als Polderbag aufschrie: »Seht!« Er deutete auf das Fenster.

Die drei drehten sich gleichzeitig um. Zwischen ihnen und dem Fenster erhob sich etwas wie ein kleiner Wirbelsturm. Münzen, Schmuckstücke, offenbar alles, was sich in den Schubladen der Schränke im Zimmer befunden hatte, fegte durch die Luft. Der Miniatursturm griff nach Tors Mütze und einer Vase mit verwelkten Blumen, zog auch sie in die Windhose mit ein und begann bereits, an der Bettdecke zu zerren.

Tor Anderbastor sprang auf, mehr erfreut als erschrocken. »Kann es sein, dass Karf wahrhaftig so verzweifelt ist, auf so primitive Tricks zurückzugreifen? Ich bin bereit. Schon lange habe ich eine Gegenattacke für den Poogschen Wirbel vorbereitet.«

Er führte einige flinke Handbewegungen aus, da schlüpfte aus seinen Ärmeln ein Strom grüner Ratten, die in den Wirbelsturm einbezogen wurden. Und plötzlich versank die nun von Hunderten Nagern gespeiste Windhose im Fußboden. Kurz darauf ertönte unten ein Entsetzensschrei, und dann hörte man Stampfen und Umsichschlagen.

Tors Triumph wurde allerdings dadurch geschmälert, dass er in seinem Eifer die Verteidigung übertrieben hatte. Es hörte nicht auf, grüne Ratten zu regnen, die allmählich den Wirbelsturm zum Stillstand brachten und das Loch im Boden verstopften. Als Tor dem Strom endlich ein Ende machten, hatten sich bereits Dutzende und mehr im Zimmer der Gebärenden verkrochen.

Aufseufzend ließ sich Tor wieder in seinen Sessel sinken. Er winkte eine Flasche und vier Gläser herbei, letztere reichte er gefüllt den Gefährten, dann verbeugte er sich knapp vor Polderbag. »Ihr habt Euch bereits als nützlich erwiesen. Euer Aufschrei warnte mich rechtzeitig. Ich bitte Euch und Eure Kollegen, auch weiterhin die Augen offen zu halten, bis meine Frau entbunden hat. Wie schon gesagt, ich werde mich nicht als kleinlich erweisen.«

»Wir werden unser Bestes tun«, versicherte ihm Polderbag. »Doch dürften wir nun Euch bitten, uns vielleicht zu erklären, worum diese grimmige Auseinandersetzung zwischen Euch und diesem Karf Klartbodd geht?«

Tor lächelte geheimnisvoll. »Die Erklärung liegt dort«, erwiderte er und deutete auf die Frau. Er kicherte. »Aber ich will euch nicht länger auf die Folter spannen. Karf versucht, mir wegzunehmen, was bald mein sein wird. Aber es wird ihm nicht mehr gelingen. Poogs Wirbel! Pah!«

»Und was ist es, worum dieser heiße Kampf wütet, und das, wie Ihr andeutet, Eure Frau bald in Eure Hände spielen wird?«, erkundigte sich Sull gespannt.

»Nun, das ist der Kobold von Ka. Er wird es mir auch ermöglichen, euch jeglichen Wunsch zu erfüllen. Dafür, dass ihr die Augen offen haltet, soll nämlich jeder von euch je einen Wunsch frei haben. Und seid versichert, dass ihr euch alles erbitten könnt, denn wenn sich der Kobold von Ka erst in meiner Macht befindet, muss er tun, was ich ihm befehle. Er also ist, was mein Weib gebären wird.«

Die drei Pilger bemerkten, dass sich die Frau trotz des Beruhigungsmittels nun auf dem Bett herumwarf und am ganzen Leib zitterte. Es waren absolut keine normalen Geburtswehren.

»Wie kam Euer Eheweib zu dieser – dieser eigenartigen Leibesfrucht?«, fragte der Than neugierig, aber auch leicht verlegen.

Tor rieb sich die Hände und lächelte nun selbst wie ein Kobold. Dann machte er durch einen Wink Feuer im Kamin und reichte jedem die gefüllten Gläser.

»Der Kobold ist uralt, älter als alle Dämonen, die in den Waben des Erdkerns schlafen. Und da er älter als sie ist, ist er auch älter als jegliche Zauberei. Es gibt keinen Zauber, den er nicht abwehren oder hervorrufen kann. In all den Äonen seiner Existenz ist es keinem der unzähligen Magier, die es versuchten, gelungen, den Kobold von Ka zu unterwerfen, im Gegenteil – sie verstärkten nur seine thaumaturgischen Kräfte. Auch wenn es manchem von ihnen glückte, ihn heraufzubeschwören, konnten sie ihn doch nicht halten. Doch diesmal wird es anders sein. Denn ich habe das Mittel gefunden, ihn an mich zu binden.«

»Einen unwiderstehlichen Bannspruch?«, fragte Polderbag mit großen Augen.

»Ich habe Voonboods dreifache Formel entdeckt«, erklärte Tor stolz.

Polderbag nickte ehrfurchtsvoll.

»Die Entdeckung dieser Formel«, fuhr Tor fort, »führte überhaupt erst dazu, dass mein Partner und ich den Kobold suchten. Wir wussten natürlich schon lange von ihm, hätten jedoch nie auch nur gewagt, daran zu denken, ihn gefangen nehmen zu wollen.«

»Ihr und Euer jetziger Gegner wart Partner?«, fragte Mumber Sull. »In welchem Geschäftszweig?«

Tor winkte ab. »Eine sehr komplexe Sache. Es genügt, wenn ihr wisst, dass wir beschlossen, den Kobold zu suchen, und es uns auch gelang, ihn zu finden, nachdem wir das Glück hatten, in den Besitz seines Siegels zu kommen.«

»Siegel?«

»Das Amulett, mit dessen Hilfe er herbeigerufen werden kann. Als wir es hatten, zerbrach unsere Partnerschaft. Am gleichen Abend, nachdem wir es erstanden hatten, betrat ich den Raum, in dem wir es aufbewahrten, um mich zu vergewissern, dass es dort auch sicher war, und musste feststellen, dass mein Partner es bereits gestohlen hatte. Damit begann die Tragikomödie, denn abwechselnd stahlen wir das Amulett voneinander. Ihr müsst wissen, es ist ein sehr leicht an sich zu bringendes Objekt, aber ungemein schwierig, es auch zu behalten. Ehe man es benutzen kann, muss es sich erst eine geraume Zeit im Besitz ein und derselben Person befinden. Deshalb konnte keiner von uns es gleich anwenden, wenn wir es zurückgewonnen hatten. Das bedeutete, dass es erst eine Weile irgendwo aufbewahrt werden musste. Es spricht auf Magnetismus an, deshalb konnte es schnell aufgespürt und an sich genommen werden. Doch dann sah es eine Zeit lang so aus, als hätte Karf ein besseres Versteck gefunden und würde in der Lage sein, es lange genug zu besitzen, um es benutzen zu können. Was natürlich bedeutete, dass der Kobold ihm gehorchen müsste. Das Versteck war er selbst. Er war an einen Zauberspruch gekommen, der das Siegel mit seinem Körper verschmolz.« Tor hielt inne und schmunzelte.

Cugel zuckte zusammen, als eine der grünen Ratten an seiner Ferse zu knabbern begann. »Wir dürfen aber annehmen, dass es Euch irgendwie gelungen ist, Karf zu übertölpeln und das Amulett aus seinem Fleisch zu holen«, sagte er.

Tor nickte lächelnd und öffnete den Mund. In diesem Augenblick schrie Mumber Sull: »Die Wände! Die Decke! Seht doch!«

Gliedmaßen aller Arten: Arme, Beine, Fühler, Tentakel, Rüssel, ja sogar mechanische Greifwerkzeuge sprossen aus den Wänden und der Decke und begannen blind in alle Richtungen zu tasten.

Tor sprang wütend auf. »Unverschämter Größenwahnsinniger! Er versucht nun eine etwas kühnere Taktik. Doch ich bin bereit!« Er öffnete weit die Arme und stieß – aus welchem Körperteil, war unmöglich festzustellen – eine Unmenge von gelben Stachelkröten aus, die über die Gliedmaßen und Greifwerkzeuge herfielen und sie mit ätzender Flüssigkeit bespuckten. Bei der Berührung begannen die fleischigeren der Glieder aufzuschwellen und zu verrotten, und die hornigen und knorpeligen fingen zu brennen an, als die Kröten in ihrem Griff explodierten. Überall zogen sich die verfaulenden oder rauchenden Stümpfe zurück, hinterließen jedoch hässliche Flecken und Löcher in den Wänden.

Wie bei den Ratten hatte Tor auch diesmal zu viel der Abwehrkreaturen herbeigerufen. Jene, die nicht zermalmt oder explodiert waren, und das war eine beachtliche Zahl, verkrochen sich unter den Möbelstücken. Dort stießen sie auf die grünen Ratten. Sofort begann ein Kampf auf Leben und Tod zwischen diesen verschiedenen Zauberwesen. Gewöhnlich endete er, wenn die Kröte explodierte und die Überreste der Ratte um die Beine der Menschen flogen.

Nach einer dieser ekligen Explosionen flüsterte Cugel Polderbag zu: »Dieser Zauberer scheint mir in seinen Mitteln ein wenig unbedacht.« Tor konnte ihn nicht hören, da er sich am anderen Ende des Zimmers befand.

Polderbag schüttelte den Kopf. »Ihr irrt Euch, wenn Ihr diesen Mann für einen Magier haltet. Nach dem Reichtum seines Hauses zu schließen, ist er ein Zaubermittelkaufmann, der sein Vermögen durch den Handel mit der Unterwelt gemacht hat. Offenbar geriet er jedoch in Schulden, und seine Gläubiger, die Dämonen, haben ihn sich mitsamt seinem Haus geholt. Seine Unfähigkeit weist ihn als Mann aus, der seine Macht auf zu leichte Weise gewann und nicht durch ein lebenslanges Studium und gewissenhafte Anwendung des Gelernten. Ich erwähnte bereits die wachsende Zahl seinesgleichen in Millions Gather. Er musste dasselbe Geschick erleiden wie alle anderen Opfer der listigen Dämonen, und genau wie alle anderen ist er zu sehr in seine persönliche Vendetta vertieft, um auch nur zu bemerken, dass er bereits in der Hand der Unterweltkreaturen ist.«

Tor kam zurück und setzte sich mit siegesbewusstem Lächeln in seinen Sessel. Die kämpfenden Ratten und Kröten ignorierte er. Er füllte die Gläser ein drittes Mal mit dem köstlichen Branntwein und fuhr noch selbstzufriedener als zuvor in seinem Bericht fort. »Ja, meine Strategie, Karfs so listigen Plan zu durchkreuzen, ist wahrhaftig bewundernswert. Nun, jedenfalls schaffte ich es. Ich besorgte mir ein Amulett, das Hexen verwenden, um die Lebenskräfte ihrer Opfer zu rauben. Dann rief ich mein verehrungswürdiges Weib zu mir ...«

Alle blickten auf die Frau im Bett, die sich pausenlos bewegte und vor sich hin murmelte, obwohl sie offensichtlich schlief.

»Ich rief sie also zu mir«, wiederholte Tor. »Ich er klärte ihr taktvoll, es sei von äußerster Wichtigkeit für mich, und deshalb auch für sie, dass sie Karf verführe. Sie war natürlich schockiert und weigerte sich heftig. Schließlich, als ich sie von der Dringlichkeit überzeugt hatte, gestand sie zögernd, dass sie ohnehin fast jede Nacht mit Karf im Bett verbringe.« Tors Augen glitzerten triumphierend. »Das, meine Herren, war ein unvorhergesehener Glücksfall für mich. Ich tat, als wäre ich schrecklich erzürnt, und erklärte ihr, ich könne ihr nur verzeihen, wenn sie nach einer letzten Nacht mit ihm Schluss mache, doch nicht, ehe sie nicht noch im richtigen Augenblick ihrer Vereinigung einen Zauberspruch murmeln würde, den ich sie schnell lehrte.

In der kommenden Nacht, als Karf nach seiner amourösen Anstrengung eingeschlafen war, trug mein Weib das Amulett mit sich davon, denn es hatte sich infolge des Zauberspruchs bei der Vereinigung in ihrem Schoß eingenistet. In Kürze schon würde sie den Kobold von Ka gebären. Sofort nach ihrer Rückkehr verbarrikadierte ich mein Haus, denn ich wusste, dass Karf es stürmen würde, wenn er die Abwesenheit des Amuletts bemerkte. Trotz aller Gegenmaßnahmen gelang es ihm, in den zweiten Stock einzudringen, von wo aus – wie ich euch bereits berichtete – ich ihn ins Erdgeschoss verbannen konnte. Das ist auch der Grund, weshalb er sich noch im Haus befand, als die Dämonenlords es in die Unterwelt verschleppten. Wie dem auch sei, er hat sich alle Mühe gegeben, aber schließlich trage doch ich den Sieg davon. Er hat keine Chance mehr, in dieses Zimmer zu dringen, ehe ich mein Weib von dem Kobold entbunden und letzteren durch Voonboods Formel in meine Macht gebracht habe.«

Mumber Sull starrte Tor verblüfft an. »Ihr wusstet, dass die Dämonen Euch verschleppten, und Ihr machtet keine Anstalten, das Haus zu verlassen?«

Tor schüttelte den Kopf. »Ihr scheint immer noch nicht zu begreifen, über welch ungeheure Macht ich bald verfügen werde. Was macht es schon aus, dass man mich in die Tiefe der Erde verfrachtete? Der Kobold wird mir Flügel verleihen, dass ich mich erhebe. Mit ihm als mein Schiff kann ich sogar die See der Erdbeben durchsegeln und die heulenden Berge ihrer Wogen teilen. Was könnte mich noch halten? Oder wer könnte sich gegen mich stellen?« Mit funkelnden Augen starrte er die Pilger an, dann wanderte sein Blick zum Bett. »Ihre Wehen beginnen. Ich muss ihr beistehen. Seid wachsam. Warnt mich rechtzeitig vor Angriffen Karfs.«

Die Wehen bestanden aus heftigen, unregelmäßigen Vibrationen. Aus ihrem verwirrten Gesichtsausdruck zu schließen – sie war nun zweifellos völlig wach –, empfand sie weniger Schmerz als Verblüffung. Tor kniete neben ihr und leierte endlose Beschwörung in ihr Ohr. Plötzlich schüttelte sich ihr Leib unter wilden Zuckungen. Sie schrie laut, doch ebenfalls weniger aus Schmerz denn aus Verwirrung. Tor beugte sich vor und holte ein schwarzes Ding von der Größe eines Straußeneis aus dem Bett. Er hüpfte von einem Bein auf das andere und brüllte: »Der Kobold gehört mir! Der Kobold gehört mir!«

Ohne seiner Frau, die verständnislos blinzelte, auch nur einen Blick zu gönnen, rannte Tor zu einer Kommode und legte das schwarze Ei darauf. Dann holte er eine Schriftrolle aus seiner Brusttasche und las gestikulierend eine Zauberformel ab. Er betonte jede Silbe laut und deutlich.

Mit einem Seufzer der Erleichterung steckte er die Rolle zurück. »Ich habe sie fehlerlos aufgesagt«, erklärte er mit stolzgeschwellter Brust. »Sobald der Kobold erwacht, wird er durch den dreifachen Bannspruch für immer an mich gebunden sein. Ich bin nun der größte Zauberer der Erde! Simbilis ebenbürtig, wenn nicht größer ...«

»Das ist eine unverzeihliche Anmaßung!«, brauste Mumber Sull auf. »Ich warne Euch ...«

Tor unterbrach ihn wütend. »Wie könnt Ihr wagen ...« Doch da fiel sein Blick zurück auf das Ei. »Der Kobold erwacht. Mein erster Befehl an ihn wird sein, Euch für Eure Impertinenz zu bestrafen.«

Das schwarze Ei bewegte sich. Jetzt erst sahen sie, dass es überhaupt kein Ei war, sondern eine ledrige Kreatur, die sich völlig in ihre fledermausähnlichen Flügel gehüllt hatte, die sie nun ausbreitete. Sie benutzte die Flügel als Beine und hüpfte darauf die Kommode entlang, ehe sie einen Spalt ihres eiförmigen Körpers öffnete, dass es aussah, als mache sie ein Auge auf. Ein wahrhaft koboldhaftes Gesicht kam zum Vorschein. Der kopflose Eikörper verneigte sich grinsend vor den fünf ihn beobachtenden Personen im Raum. Auch Tors Weib ließ keinen Blick von ihm.

Plötzlich hüpfte Polderbag schreiend in die Höhe, und es sah aus, als wolle er eine Art Kriegstanz aufführen. Dann folgten die drei anderen Männer seinem Beispiel, denn der Boden war kochend heiß geworden und hatte begonnen Blasen zu werfen, die betäubenden Schwefelgestank verbreiteten.

»Kobold! Kobold von Ka!«, brüllte der von einem Bein auf das andere hüpfende Tor. »Ich befehle dir, diesem Angriff ein Ende zu setzen und den Kerl herbeizuschaffen, der dafür verantwortlich ist.«

Das Grinsen des Kobolds verbreitete sich noch, und wieder verbeugte sich der Eikörper. Sofort prasselten dicke Hagelkörner auf den brodelnden Boden und die hüpfenden Gestalten. Mit dem Mund voll Eis stieß Tor wütend hervor, der Kobold möge den Sturm beenden.

Der Hagel hörte auf, genau wie kurz zuvor das Brodeln des Fußbodens. Ein stinkender Dampf stieg von den verbrannten Brettern auf. Ehe Tor noch seine Unzufriedenheit mit dem Dienst des Kobolds äußern konnte, führte dieser den zweiten Teil des Befehls aus. Die Tür öffnete sich. Ein kahlköpfiger, prächtig gekleideter Mann schwebte starr und mit leerem Blick herein, die Beine gut zwanzig Zentimeter vom Boden.

»Karf Klartbodd!«, keuchte Tor. »Nun ist er in meiner Hand! Welch süße Rache! Du hast deine Sache gut gemacht«, wandte er sich nun zu dem Kobold um. »Doch musst du in Zukunft besser aufpassen, wenn du meine Befehle ausführst, dass du mich nicht Unbequemlichkeiten aussetzt, wie dieser Hagelsturm es tat. Doch sei dir diese Gedankenlosigkeit verziehen. Bring Karf wieder zu sich, er soll meine Rache bei vollem Bewusstsein erleben.«

Zum dritten Mal verneigte sich der Kobold, und der noch starre Karf begann zu blinzeln und sich voll Schrecken umzusehen. Tor triumphierte – doch nicht lange. Die nächste Bewegung machte nämlich nicht Karf, sondern er. Er schritt auf den Gegner zu, verbeugte sich zutiefst, nahm die Hand seines Feindes und küsste sie untertänig.

Nach dem mehr als überraschten Ausdruck auf Tors Gesicht war den Zuschauern absolut klar, dass er gegen seinen Willen handelte. Das wurde noch deutlicher, als er diensteifrig einen Sessel herbeischob und ihn Karf anbot und danach auch die drei Pilger und seine Frau bat, sich doch zu setzen. Dann warf er sich, immer noch mit völlig verwirrtem Gesicht, in Positur und gab eine Erklärung ab: »Ich, Tor Anderbastor, bin ein hirnverbrannter Narr und ein gewissenloser, habgieriger Schurke. Nicht nur einmal habe ich Mörder gedungen, um Konkurrenten aus dem Weg zu schaffen. Ich habe Vamba Meeming um ihr Erbe betrogen und ließ sie und ihre Familie als Sklaven verkaufen. Als ich noch jünger war, tat ich den Töchtern angesehener Familien, die mir zum Unterricht anvertraut waren, Gewalt an. Ihr Schweigen versicherte ich mir durch Drohungen und Zauberformeln. Seit einiger Zeit bin ich nicht mehr fähig, meinen ehelichen Pflichten nachzukommen. Seither esse ich Fenleeksuppe zum Abendbrot, denn sie verursacht schlechten Atem und abscheulichen Körpergeruch. Das entmutigt die amourösen Avancen meines jungen, heißblütigen Weibes. Meine Begierde beschränkt sich nun auf Macht und Reichtum. Abschließend möchte ich noch bemerken, dass ich ein Kriecher und Speichellecker bin, wenn es meine Ziele fördert, und ich meine Macht benutzen würde, um meine Mitmenschen nach meiner Pfeife tanzen zu lassen und sie zu unterdrücken und auszunutzen.«

Als er geendet hatte, verbeugte sich Tor Anderbastor. Karf Klartbodd applaudierte höflich, dann erhob er sich und bot Tor seinen Sessel an.

Tor setzte sich, und nun warf Karf sich in Pose und begann: »Ich, Karf Klartbodd, bin ein sadistischer Monomane, der nach seinen Lüsten lebt ...«

Die drei Gefährten und Tors Weib kamen jedoch nicht in den Genuss seiner ganzen Rede. Der Kobold von Ka, der sich ungemein über Tors Erklärung amüsiert hatte, wurde der Sache müde. Er kroch an der Zimmerdecke entlang und schließlich zum Fenster hinaus. Sull, Cugel und Polderbag wussten, dass ihr weiteres Schicksal von ihm abhing. Sie rannten zum Fenster und verrenkten sich fast die Köpfe, aber sie konnten ihn nirgends mehr entdecken. Sie sahen nur, dass ihre Frachtblase mit anderen der verschiedensten Größen immer schneller in der schäumenden Flüssigkeit zu treiben begann, als der Strom schmaler und die Ufer höher wurden.

Plötzlich begann ihre Kugel sich zu heben, und der Fluss fiel unter ihnen zurück. Die Schlucht, durch die er sich bahnte, war tief, und der Aufstieg des Hauses zwischen den steilen schwarzen Felsen dauerte eine lange Weile. Mit einem Mal löste sich die Frachtblase auf, und das Haus setzte sanft am Rand der Schlucht auf.

Die vier stürmten gleichzeitig los, um ihre Chance zu nutzen. Doch die Tür war von Tor und Karf blockiert. Letzterer hatte seine Selbstbeschuldigungen beendet und machte nun eine Verbeugung vor Tor, die dieser mit einem Knicks erwiderte. Im Walzerschritt tanzten die beiden die Treppe hinunter, durch den Korridor und hinaus zur offenen Haustür. Verwirrt folgten ihnen die vier und blickten ihnen nach, als sie im düsteren Licht im Freien verschwanden. Über ihnen flatterte der Kobold mit den Flügeln und kicherte.

7. Simbilis' Festung

Gunnruck, Tors Weib, schien keinerlei Nachwirkungen von Schwangerschaft und Geburt zu verspüren. Hilfsbereit führte sie das Trio durch das Haus, damit sich jeder mit Waffen und Proviant versorgen möge, ehe sie es verließen. Mit einem unmissverständlichen Blick und einem Griff nach dem Dolch, den sie sich nebst einem kurzen Schwert in den Gürtel gesteckt hatte, entmutigte sie Cugels und Polderbags Avancen, die nichts gegen ein Techtelmechtel mit der hübschen jungen Frau gehabt hätten.

Nachdem sich alle zusätzlich noch mit Decken, Seilen, und was immer sie für notwendig erachteten, ausgestattet hatten, traten sie aus dem Haus.

»Wir brauchen nur dem Fluss zu folgen«, erklärte Mumber Sull überzeugt, »dann kommen wir zu Simbilis.«

Cugel und Polderbag zögerten. Sie befürchteten, dass die vor ihnen liegenden Gefahren noch größer sein mochten als die bisher überstandenen und wären gern umgekehrt, um zurück nach Millions Gather zu pilgern. Aber würden sie es je schaffen? Falls sie wider Erwarten doch bis zu Simbilis durchdrangen, hatten sie die Hoffnung, dass er sie reich belohnen würde. Seufzend beeilten sie sich also, den Than einzuholen, dem sich Gunnruck bereits angeschlossen hatte.

Fünfzig Tage folgten sie am Rand der scheinbar endlosen Schlucht entlang dem Rauschen des Flusses, der zu weit in der finsteren Tiefe dahinströmte, als dass sie ihn zu Gesicht bekommen hätten. Erst am dreißigsten Tag erweckte ein ferner Schein in ihnen die Hoffnung, dass sich die Landschaft jemals ändern würde. Die weiteren Tagesmärsche brachten sie näher an diesen Schein heran, der sich allmählich als eine Gegend weißer Klippen herausstellte, die noch steiler in die Tiefe führten als die schwarze Schlucht, die dort endete. In einem schaumtosenden Wasserfall stürzte der violett glimmende Fluss dort hinab in eine Glasebene. Glas musste es sein, denn es war klarer als Eis, und keine Kältezone, wie ewiger Frost sie hervorrufen würde, umgab sie. Obwohl es sich durchaus um eine Ebene handelte, schien sie doch nicht glatt und völlig flach, sondern von Hügeln und Tälern durchzogen, doch war die genaue Beschaffenheit aus dieser Ferne schwer zu erkennen.

»Das muss die Glaswüste sein. Kein sehr vielversprechender Anblick«, brummte Cugel.

»Nun, vielleicht stellt sie sich aus der Nähe weniger unerfreulich heraus«, meinte Mumber Sull mit unverbesserlichem Optimismus.

»Und wie, glaubt Ihr, wird es uns gelingen, die Klippen hinunterzukommen?«, erkundigte sich Gunnruck.

»Selbst wenn wir alle unsere Seile zusammenbinden und noch sämtliche Lederriemen in unserem Besitz verwenden, würden sie nicht einmal für ein Viertel des Weges reichen.«

Alle starrten bedrückt vor sich hin, bis Cugel den Wasserfall genauer studierte. »Hört zu«, sagte er. »Der Fluss hat am Rand des Falls die Klippen ausgezackt und mehrere breite Simse gebildet, an denen wir uns mit ein wenig Geschick in Etappen abseilen können.«

Dieser Vorschlag wurde in Ermangelung eines besseren einstimmig angenommen. Doch etwa auf halbem

Weg abwärts kamen sie an ein Sims, das über den Wasserfall herausragte und von dem es unmöglich war, sich weiter abzuseilen. Den Felsen selbst konnten sie, da er schräg zurücklag, nicht erreichen, und die zusammengeknüpften Seile waren um die Hälfte zu kurz, um auf die Glasebene zu gelangen. Es sah aus, als bliebe ihnen nichts übrig, als wieder hochzuklettern und einen anderen Weg zu versuchen.

»Ihr könnt von Glück sagen, dass ich euch gesehen habe«, hörten sie plötzlich eine Stimme. Alle vier drehten sich so hastig um, dass sie fast das Gleichgewicht verloren.

Etwa zwei Meter vom Rand des Simses entfernt stand eine seltsame Gestalt in leerer Luft. Sie war völlig nackt und von einem glänzenden Weiß wie Email. Auch das Oval ihres Gesichts war weiß und wies fünf Öffnungen auf, die nur entfernt an Augen, Nasenlöcher und Mund erinnerten und irgendwie schattenhaft wirkten.

»Ich dehne meine Streifen normalerweise nicht bis jenseits des Gebiets der Belagerer aus«, fuhr das eigenartige Wesen fort. »Hätte ich nicht etwas außerhalb dieser Öde zu besorgen gehabt, ich hätte euch nie hier entdeckt – und das wäre euer sicherer Tod gewesen. Ist es nicht erstaunlich, wie blinde Zufälle das Schicksal beeinflussen?«

Der Anblick der weißen Gestalt, die frei vor der endlosen spiegelnden Glaswüste hing, trug nicht viel dazu bei, die Pilger zu beruhigen. »Von Bedeutung für uns ist im Augenblick mehr die Beantwortung der Frage: Wem dient Ihr?«, erklärte der Than mutig. »Für wen führt Ihr diese erwähnten Streifen aus? Wer sind die Belagerer?«

»Mein Herr ist Simbilis XVI., und die Belagerer sind die Dämonenhorden außerhalb seiner Barriere.«

»Was?«, rief Sull. »Ihr wollt ein Vasall Simbilis' sein und verbreitet diese Lügen über eine Belagerung des Erzzauberers?«

Die Schatten, die die Augen darstellten, verengten sich streng. »Ich bin Leemb und kein einfacher Gefolgsmann des großen Simbilis, sondern einer seiner Erzengel. Es ist an mir, Fragen zu stellen, und nicht an Euch. Ich habe mich bereits vergewissert, dass eure Aura mit einer unbedeutenden Ausnahme von keinerlei thaumaturgischen Kräften behaftet ist. Eure Art der Fortbewegung ist ein weiterer Beweis, dass ihr nicht zu den Dämonen gehört, denn diese verwenden Reisekugeln, um hierher zu gelangen. Also ist anzunehmen, dass ihr Feinde der Unterweltbewohner seid. Allerdings besteht die Möglichkeit, dass ihr als Spione für sie arbeitet, deshalb muss ich auf Erklärungen bestehen.«

»Können diese nicht warten, bis Ihr uns von diesem schrecklichen Sims befreit habt?«, erkundigte sich Gunnruck, dem die Annäherungsversuche Polderbags in dieser Enge unangenehm waren.

Leemb nickte. »Haltet euch alle an eurem Seil fest.« Als sie gehorchten, packte er das Seilende, schwebte in die Tiefe und zog die vier Pilger schwerelos wie an einem Papierdrachenschwanz hinter sich her, bis sie auf der glitzernden Glasfläche aufsetzten. Doch nun verlangte er die Erklärung.

Der Than berichtete kurz, wie er und seine Begleiter sich getroffen und wie sie schließlich hierher gekommen waren. Dann erzählte er entrüstet und ausführlich über die Anmaßung des Lords von Slaye, die Macht in Cil an sich zu reißen, die der Grund seines Pilgerzugs zu Simbilis war.

»Ihr kommt demnach, um Eure Rache befriedigen zu können«, brummte Leemb.

»Und um meine rechtmäßige erbliche Stellung, wie Simbilis selbst sie versicherte, wiederzugewinnen«, fügte der Than hinzu.

»Ich weiß nicht, wie Simbilis auf Eure Ansprüche reagieren wird«, sagte Leemb, »aber ich werde euch jedenfalls sicher durch die Belagerungszone und danach durch die Barriere bringen. Dort werden sich andere um euch kümmern und zu dem Erzzauberer bringen. Um das jedoch zu ermöglichen, müsst ihr euch alle einer vorübergehenden körperlichen Verwandlung unterziehen. Sie ist erforderlich, damit wir ungehindert das Dämonenlager passieren können.«

Leemb machte eine Geste, und schon fanden sich die vier durch Ketten von eisernen Halsbändern miteinander verbunden. Doch das bemerkten sie kaum, denn die eigentliche Verwandlung lenkte sie völlig davon ab. Jeder hatte statt seiner Beine ein gewaltiges Paar nackter schuppiger Gliedmaßen wie von Stelzvögeln, mit Klauenkrallen. Diese neuen Beine waren elastisch wie Sprungfedern und versprachen große Geschwindigkeit.

Alle vier brüllten entrüstet auf. »Was ist das für ein bösartiger Trick!«, schrie Polderbag. »Gebt uns sofort unsere richtigen Beine zurück!«

»Es wäre euer Tod, erfüllte ich euch diesen Wunsch. Ihr werdet sie jedoch zurückerhalten, sobald ihr euch innerhalb Simbilis' Barriere befindet. Inzwischen müsst ihr Hybriden darstellen, die Experimente der Dämonen mit menschlichen Gefangenen entsprangen, damit wir sicher durch das Lager kommen. Ich gebe vor, euer Wächter zu sein. Außerdem ermöglicht diese Verwandlung uns ein schnelleres Vorankommen.«

»Welch Irrsinn ist das?«, rief Mumber Sull. »Gewiss könntet Ihr uns durch die Luft tragen, wie von den Klippen. Simbilis' Kräfte dürften doch wahrhaftig groß genug für eine solche Kleinigkeit sein.«

»Das sind sie auch«, erwiderte Leemb. »Simbilis' Macht ist groß genug, die Armeen auszulöschen, die ihn seit Jahrhunderten belagern. Doch die Verwirklichung seines Werkes verlangt seine ganze Kraft. Nur ungern tritt er davon auch nur ein Minimum für die Verteidigung ab. Wir, die wir ihm dienen, müssen deshalb äußerst sparsam mit dieser so unwillig gewährten Energie umgehen. Natürlich wäre es möglich, euch durch die Luft zu Simbilis zu tragen, aber es bedarf weniger thaumaturgischer Kraft, eine kleine Metamorphose zu bewirken und euch zu Fuß an euer Ziel zu bringen.«

»Was kann das für ein Werk sein«, fragte Mumber Sull, »das seine ganze Aufmerksamkeit und Energie beansprucht? Gewiss muss es etwas ungeheuerlich Großes sein, wenn er zulässt, dass seine Vasallen einer solchen Demütigung ausgesetzt werden.« Voll Abscheu betrachtete er die hohen elastischen Beine, die seinen Körper schaukelten wie Rohr im Wind.

»Was Simbilis' Projekt betrifft, darüber jetzt zu reden, wäre verfrüht. Je schneller wir aufbrechen, desto eher kommen wir ans Ziel.«

Aber Cugel hielt Leemb noch zurück. »Eure Erklärung ist unzufriedenstellend«, protestierte er. »Welchen Beweis haben wir überhaupt«, wandte er sich an Mumber Sull, »dass dieser Fremde, der uns so verunstaltet hat, überhaupt wirklich mit Simbilis verbündet ist?«

»Was wir glauben oder nicht glauben«, warf Gunnruck kühl ein, »dürfte wohl kaum Gewicht haben. Wir sind völlig Leembs Gnade ausgeliefert.«

Leemb verbeugte sich vor ihr. »Damit habt Ihr natürlich recht. Und es bleibt mir auch nicht viel Zeit, denn ich muss auf meinen Posten zurück. Trotzdem eine kurze Erklärung, um euch zu beruhigen. Es ist meine Aufgabe, in verschiedenen Maskierungen das Gebiet der Belagerer zu patrouillieren. Ihr Lager hier dient zweierlei Zwecken, wovon die Belagerung selbst der geringere ist. Seit geraumer Zeit wird es mehr und mehr als Forschungszentrum benutzt, wo die Dämonen mit den Gefangenen experimentieren, die von der Oberwelt hierher verschleppt werden.«

»Aber wozu diese Experimente?«, fragte Cugel. »Und welcher Art sind sie?«

»Finsterster und grausamster«, erwiderte Leemb düster. »Sie dienen zur Schaffung von abscheulichen Kreaturen und Hybriden, die bei einer bevorstehenden Invasion der Oberwelt auf diese losgelassen werden sollen. Ich und andere der Erzengel sind allerdings der Ansicht, dass die Sonne erlischt, noch ehe die Dämonen bereit für diese Invasion sein werden. Das ist jedoch nur unsere persönliche Meinung. Sollte die Invasion tatsächlich stattfinden, dürfte die Oberwelt ihr kaum etwas entgegenzustellen haben.«

»Eure Mission ist dann wohl die Sabotage dieser Experimente, um die Invasion zu verhindern?«, fragte der Than.

»Nur nebenbei. Die Erde ist ohnehin dem Untergang geweiht und die Invasion unaufhaltbar. Es ist meine und die Aufgabe meiner Miterzengel, jene Gefangenen der Dämonen zu befreien, die noch nicht umgewandelt wurden. Wir schmuggeln deshalb ständig solche Personen durch die Barriere, und so habe ich bereits große Erfahrung im Transport von Geretteten durch das Lager gesammelt. Aufgrund eurer Metamorphose haben wir keine Entdeckung zu befürchten. Ihr seht also, dass ihr euch eine Weile damit abfinden müsst.«

Der Erzengel gestikulierte, und die vier Pilger sprangen auf und rasten dahin, oder vielmehr, ihre Beine taten es. Ihre Oberkörper schwankten beängstigend, als sie davongetragen wurden von den schuppigen Gliedmaßen, die sicher und schnell über die Glasfläche hüpften. Leemb schwebte einen Meter über dem Boden vor ihnen her.

Es dauerte eine lange Weile, während derer sie viele Meilen zurücklegten, bis Leemb endlich auf das Keuchen und Prusten der vier Geketteten aufmerksam wurde. Durch ein Übersehen seinerseits bezogen die Stelzenbeine mehr als eine Hälfte ihrer Kraft aus den verhältnismäßig schwachen Oberkörpern. Ein wenig erschrocken gestattete er ihnen, eine Rast einzulegen, und verstärkte ihre Lungen.

Weiter rasten sie, bis sie an den Fuß eines Hügels kamen. »Ich muss jetzt eine kleine Maskierung vornehmen«, erklärte Leemb, »denn hinter diesem Hügel beginnt das Lager der Dämonen. Vom Kamm aus habt ihr einen guten Überblick darüber. Lauft einstweilen schon voraus und wartet dort auf mich.«

Sie taten es. Unter ihnen lag eine gewaltige, halb mondförmige Metropole am Fuß einer wuchtigen grünen Mauer. Diese Mauer verlief in einem Bogen, der jedoch so gewaltig war, dass der Ausschnitt, den die Pilger vom Hügelkamm sahen, sich nahezu gerade bis außerhalb ihrer Sichtweite dehnte.

Die Höhe der Mauer konnte am ehesten durch die Gebäude des Dämonenlagers geschätzt werden, die gegen sie winzig wirkten, obgleich sie selbst von beeindruckender Größe waren. Diese Bauwerke waren aus dem Glas der Wüste gehauen und geschmolzen und von verschiedensten Formen: riesige zwiebelförmige Häuser, gut dreißig Stockwerke hoch und mit einer Flüssigkeit gefüllt, in der Kreaturen schwammen, die jedoch zu weit entfernt waren, als dass sie zu erkennen gewesen wären. Daneben standen gewaltige offene Glaskelche auf turmhohen Glasstielen, die ganze Siedlungen zu beherbergen schienen. Und scheinbar wahllos verstreut hoben sich Zikkurate in die Höhe, deren Terrassen mit dichtem Pflanzenbewuchs bedeckt waren. Doch es gab auch niedrigere Gebäude, stachligen Iglus ähnlich, die in großer Zahl zwischen den höheren Bauwerken kauerten.

»Wir kommen nun zum gefährlichsten Teil unserer Reise«, erklärte Leemb, der sich ihnen wieder zugesellt hatte. »Doch habt keine Angst, ich werde mit einem Zauber verhindern, dass ihr euch durch eine auffällige Bewegung oder Bemerkung verdächtig macht. Eure Sinne bleiben jedoch weiterhin wach, und ich werde euch jeweils, wenn wir unbeobachtet sind, alles erklären, was ihr seht.«

Der Erzengel war in ein Kettenhemd und Handschuhe geschlüpft und hatte sich eine Kapuze ins Gesicht gezogen. In der Faust hielt er eine Peitsche, die er nun schwang. Die vier sprangen auf und rasten den Hang zu dem riesigen Lager hinab, das eigentlich eine Stadt war.

Am Fuß eines der hohen Zwiebelgebäude, wo ein Trupp Dämonen von einem Offizier gedrillt wurde, hielt Leemb an und salutierte. »Ich habe den Auftrag, diese Batrachs zur Ausbildung in das Aquazideum zu bringen«, meldete er.

Der Leutnant, ein bärenähnliches Wesen mit kräftigem einäugigem Schädel, musterte die vier. »Sie sehen recht schwächlich für eine Ausbildung als Aquaziden aus.«

»Das ist ihre Tarnung. Sie sind von ungeheurer Wildheit und äußerst gefährlich.«

Der Dämon brummte und machte eine Tatzenbewegung. Eine Scheibe sank von oben herab.

Leemb verbeugte sich und stieg darauf. Die Pilger stellten fest, dass ihre Körper es ebenfalls taten. Die Scheibe brauste aufwärts und hielt auf der offenen Spitze der dreißigstöckigen Zwiebel an. Ein weiter blauer See glitzerte in ihrem Kristallkrater. Auf der Wasseroberfläche herrschte reger, verschiedenartigster Betrieb. Die Scheibe legte sich schief und warf ihre fünf Passagiere in den See. Während des kurzen Falls spürten die Pilger das Schwinden der Kette um ihren Hals.

Ganz in der Nähe der Stelle, wo sie ins Wasser tauchten, planschte eine ganze Gruppe nackter Frauen. Sie lachten und winkten den Pilgern zu. Leemb kümmerte sich nicht um sie. Kopf voraus tauchte er in die Tiefe, und die vier folgten ihm ohne eigenen Willen. Unter der Wasseroberfläche sahen sie, dass die nackten Frauen lediglich die Früchte fleischiger Stängel waren, die in der Tiefe zu einem runden, kopflosen Leib zusammenliefen.

Mit großen Augen sahen sich die vier Reisenden um. Sie brauchten offenbar keine Luft und ermüdeten nicht. Voll Staunen sahen sie eine ganze Kompanie dreiteiliger Hybriden mit mächtigen Haifischschwänzen, mit denen sie sich vorwärts schnellten, dem Rumpf und den Armen von Ringern (jeder führte ein Netz und einen Dreizack bei sich), und den Tentakeln eines Tintenfischs als Kopf. Sie schwammen in dichter Formation und mit völlig gleichmäßigen Bewegungen.

»Fischer«, erklärte Leembs Stimme im Kopf der Pilger, er sprach direkt zu ihrem Bewusstsein. »Fleischfressende Meerestruppen. Alle hier im Aquazideum sind Menschenfresser.«

Sie erreichten den Grund der riesigen Urne, die das Wasser enthielt, und fanden sich einer ganzen Gruppe von blauen Grottenmäulern gegenüber, die eine kalte Strömung ausstießen. Eines der Mäuler verursachte einen Sog, in den Leemb mit seinen Schützlingen tauchte.

Die schnelle Passage führte ein Stück abwärts, dann jedoch plötzlich spiralenförmig nach oben, bis sie von einer Fontäne ausgespuckt wurden. Als sie auf ihre Füße kamen, standen sie bis zur Mitte in einem Springbrunnen auf einem gewaltigen Flachdach. Das Stadtlager der Dämonen erstreckte sich ringsum und unter ihnen weit nach allen Seiten. Nur die größten Gebäude waren auf etwa gleicher Höhe mit ihnen.

»Wir befinden uns auf der obersten Stufe einer der Pflanzenzikkurate, auf die wir durch ihr Bewässerungssystem gelangten. Von hier verteilt sich das Wasser und fließt hinunter zu den Terrassen, auf denen die fleischfressenden Pflanzenzüchtungen der Dämonenlords wachsen. Wir werden uns über die Rampen der Gärtner nach unten begeben und so die Gefahren dieser Flora vermeiden.«

Erneut spürten die Pilger die Kette um ihren Hals, als sie hinter Leemb die Glasrampe in die Tiefe rutschten. Etwa auf halbem Weg wurde die Rampe durch kleine Glasschuppen unterbrochen. Gartengeräte wurden darin aufbewahrt, und vor der Tür standen mehrere Kreaturen mit langen Armen, die in Scheren ausliefen. Der größte dieser Gärtner hielt Leemb auf.

»Was habt ihr hier zu suchen? Woher kommt ihr und wohin wollt ihr?«

»Diese Hybriden waren als Futter für die Aquaziden bestimmt«, erklärte Leemb. »Aber es gelang ihnen, durch das Dränagesystem aus dem Aquazideum zu entfliehen, und aus diesem wiederum gelangten sie in eure Bewässerungsanlage. Ich fing sie auf der obersten Stufe und bringe sie nun zurück.«

»Ah, die Aquaziden bekommen nun also schon Hybriden als Futter? Eine teure Verpflegung! Wenn die Zikkurate genauso gut versorgt würden wie die Tanks, könnten wir wahre Wunder wirken.« Die hageren Kollegen des Sprechers murmelten zustimmend.

»Eure Beschwerde ist ungerechtfertigt. Euer eigenes Projekt verwendet Hybriden als Kraftnahrung.« Leemb deutete auf eine Herde Individuen, die in diesem Augenblick auf die Terrasse, in deren Höhe sie sich befanden, geführt wurden. Einige dieser Gruppe schienen normale Männer und Frauen zu sein, andere Kreuzungen mit nichtmenschlichen Elementen.

Der Gärtner spuckte wütend aus. »Hybriden wie diese, die man uns großzügig überlässt, sind unbrauchbare Exemplare, die den Zweck der Experimente nicht erfüllten.«

»Genau wie jene, die ich nun zum Aquazideum zurückbringe.«

»Oh, wirklich? Sie scheinen mir recht brauchbar – müssen es sein, wenn ihnen die Art der Flucht gelang, wie Ihr sie beschrieben habt.«

»Sie sind zweifellos flink und nicht dumm, aber nicht für den Zweck geeignet, für den sie bestimmt waren. Man züchtet ihresgleichen, um die Tarantalurche auszubilden, doch sie erwiesen sich als zu langsam und wurden von diesen gefressen, was natürlich wiederum dazu führte, dass die Tarantalurche durch die Überfütterung und den Mangel an Drill zu unförmig und unbeweglich wurden. Die Überlebenden dieser Züchtung bestimmte man deshalb als Futter für die Aquaziden.«

Während dieser Unterhaltung beobachteten die vier Pilger die Gruppe der Menschen und Hybriden, die auf die Terrasse herausgetrieben wurden. Ihnen schien offenbar die Gefährlichkeit der Pflanzen hier unbekannt zu sein, denn sie versuchten, sich zwischen ihnen in Sicherheit zu bringen beziehungsweise zu verstecken. Doch kaum waren sie auch nur in die Nähe der hungrigen Pflanzen gekommen, als diese schon nach ihnen tasteten und sie schmatzend verzehrten.

»Ihr sagt, sie seien nicht flink genug?«, brummte der Gärtner und musterte kopfschüttelnd die vier Reisenden. »Sie sehen aus, als wären sie schneller noch als der Wind.«

»Ihr unterschätzt die Geschwindigkeit eines Tarantalurchs«, sagte Leemb mit düsterer Miene. »Die verschiedenen Züchtungsergebnisse führten zu einer Intelligenz, die verbunden mit ihrer Schnelligkeit kaum einem anderen Wesen die Möglichkeit zur Flucht gestattet.«

Der Gärtner starrte Leemb mit offensichtlicher Furcht an. »Zieht weiter, Mann. Ich bedaure Euch, denn Ihr dient wahnsinnigen Herren.«

Leemb führte seine Schützlinge zur Fortsetzung der Rampe, die sie eilig in die Tiefe rutschten. »Meine Behauptung über die Lurche ist selbstverständlich unwahr«, erklärte er ihnen telepathisch. »Aber solche Gerüchte nähren das Misstrauen und die Rivalitäten zwischen den verschiedenen Dämonenabteilungen.« Nach einer kurzen Pause fügte er nachdenklich hinzu: »Wir wissen natürlich über die neuesten Züchtungen der Tarantalurche nicht so genau Bescheid, aber wir hoffen von ganzem Herzen, dass diese Behauptungen, die wir verbreiten, wirklich nur ein Gerücht sind und bleiben. Ah, nun sind wir bald am Ziel.«

Unten angekommen, sahen sie, dass Simbilis' grüne Mauer nicht mehr weit entfernt war und dass sie nicht aus einer durchgehenden Struktur bestand, sondern aus einer Reihe von gewaltigen Bäumen, die sich wie unter einer milden Brise sanft wiegten, obgleich die Luft über der Glaswüste völlig unbewegt war. Außerdem schien von ihnen, trotz der schwarzen Unterweltsatmosphäre, die, abgesehen vom Glühen des Glases selbst, lichtlos war, ein eigenes Licht auszugehen, das die Grün- und Silbertöne strahlend hervorhob und für die kräftigen Farben der Mauer – aus einer größeren Entfernung gesehen – verantwortlich war.

Leemb deutete auf die letzte Strecke, auf der sich gläserne Iglus und kleine Hütten häuften, nur von vereinzelten höheren Gebäuden unterbrochen. »Wir müssen nun durch eine Zone unterirdischer Werkstätten, doch werden wir den größten Teil dieser Strecke über ein Netzwerk von Gängen zurücklegen, ohne dass wir durch diese höllischen Räume direkt hindurch müssen.«

Die kleine Gruppe kam an ein Tor, von dem eine Rampe unter die Oberfläche des Glases führte. Sie schritten hinunter und betraten einen der Korridore, mit dem sich immer neue kreuzten. Sie kamen an unzähligen Türen vorbei, von denen so manche offen stand, und aus denen Schmerzensschreie, Stöhnen, Wimmern und andere herzerweichende Laute drangen.

Leemtas Gedanken erklärten: »Hier befinden sich die Forschungslabors, wo unzählige unerfreuliche Experimente mit menschlichen Wesen durchgeführt werden. Beispielsweise werden hier gefräßige Kreaturen geschaffen, die sich äußerlich in nichts von Möbelstücken unterscheiden. Dann gibt es Gemälde mit idyllischen Landschaften, die nach einer Weile die Augen ihrer Betrachter erblinden lassen. Auch Musikinstrumente und Kompositionen kommen von hier, die zuerst das Ohr erfreuen und es dann zerreißen. Die qualvollen Schreie und anderen Schmerzensäußerungen, die ihr hört, stammen von den Versuchspersonen, an denen die Wirkung dieser grauenvollen Experimente ausprobiert wird. Glücklicherweise sind wir durch diese Zone bald hindurch. Die Barriere ist nah.«

Eine unförmige Gestalt stürmte aus einem Seitengang und geradewegs auf sie zu. Das düstere Licht genügte, sie erkennen zu lassen, dass es sich um ein Packtier handelte, das auf der Oberwelt für seine Störrigkeit und Unberechenbarkeit nur allzu gut bekannt war. Allerdings bewegte es sich nicht mit der üblichen Agilität seiner Art. Es verlor mehrmals das Gleichgewicht und stürzte kopfüber zu Boden.

Der Grund für diese Ungeschicklichkeit war ein zweiter Körper, der eines Mannes, der von den Hüften an dem Packtier aufgesetzt war beziehungsweise aus seinem Rücken herauszuwachsen schien. Der Mann brüllte und fuchtelte mit den Armen, wodurch das Tier ins Stolpern kam.

Dieses Doppelwesen rannte die Pilger über den Haufen, nur Leemb gelang es, ihm rechtzeitig auszuweichen, und stürmte weiter den Gang entlang, in die Richtung, aus der sie gekommen waren.

Im nächsten Moment hätte sie fast eine zweite Gestalt gerammt, die zweifellos das Doppelwesen einzufangen suchte. Hastig blieb sie stehen und befahl Leemb: »Schnell, Treiber. Ihr müsst sofort Eure Meute hinter meinem Tier herschicken.« Die vier Pilger, die dem Maulesel nachsahen, bemerkten, dass er nun viel sicherer lief und der aufgesetzte Körper schwächer mit den Armen fuchtelte. Außerdem schien letzterer tiefer im Tierrumpf versunken zu sein. Er ragte jetzt nur noch von der Brust aufwärts heraus. »Seht!«, brüllte der Techniker, denn dabei handelte es sich um den Verfolger. »Je mehr sich der Reiter mit dem Tier verbindet, desto stärker und flinker wird es.«

Das schien zu stimmen. Als sich der Maulesel einer Kurve näherte, ragten nur noch die Unterarme und der Hals mit Kopf des Mannes aus seinem Rücken heraus. Der versinkende Schädel brüllte jämmerlich, als das Doppelwesen um die Kurve bog und aus ihrer Sicht verschwand.

»Eure Gefangenen sind sichtlich zum Jagen gezüchtet. Beeilt Euch, oder ich verliere mein kostbares Modell. Sein einziger Fehler ist seine Hyperaktivität in der Integrierung des Reiters. Ich sah diese überschüssige Energie nicht voraus, deshalb gelang es dem Tier, sich loszureißen. Es ist viel zu wertvoll, als dass ich es eines so unbedeutenden Unterlassungsfehlers wegen verlieren dürfte.«

Leemb bedachte den Techniker mit einem eisigen Blick. »Ist Eure Schöpfung so wertvoll wie ein Wurn? Meine Gefangenen sind dem Wurnbataillon zugeteilt und haben bedeutendere Aufgaben, als Euer Tier zu verfolgen. Sie müssen einen dringend erforderlichen Bestandteil für einen Wurn holen. Für unwichtige Laufgänge dürfen sie nicht eingesetzt werden.«

»Unwichtige Laufgänge!« Der Techniker kochte vor Wut. »Ihr seid ein eingebildeter, unfähiger Narr! Welchen Bestandteil müssen Sie holen? Kann das nicht einen Augenblick warten?«

»Der Bestandteil ist ein Fortpflanzungsorgan. Mein Herr wird auch keinen Augenblick länger darauf warten.«

»Was? Gibt man den Wurns jetzt schon Fortpflanzungsfähigkeiten? Das ist eine unverzeihliche Verletzung des Paktes zwischen den Verbünden!«

»Die mächtigeren Verbündeten, wie wir, die wir das Wurnbataillon aufstellen, brauchen diese Einschränkungen nicht zu beachten.«

Der Techniker vergaß einen Augenblick seine eigenen Sorgen und blickte Leemb entsetzt an. »Könnt ihr Ingenieure wahrhaftig so ehrgeizig und leichtsinnig sein? Wurnmutationen sind unberechenbar, selbst in der ersten Generation. Die ungeheure Größe dieser Kreaturen allein macht jegliche nichtgelenkte Fortpflanzung doppelt gefährlich. Diese Kühnheit und Gleichgültigkeit gegenüber anderen ist typisch für die Wurnabteilung. Aber haltet andere Abteilungen nicht für beschränkt oder unvorbereitet, falls es zu einem Verrat kommt!« Der Techniker erinnerte sich plötzlich wieder an seine eigene Schöpfung und eilte ihr nach.

Leembs Wille ließ die vier Pilger weiterlaufen. »Meine Bemühungen, Unfrieden zu stiften, sind kaum noch nötig«, hörten sie seine Gedanken. »Es haben sich bereits unzählige Splittergruppen gebildet. Am Tag des Aufbruchs zur Invasion der Oberwelt werden die Spannungen hier ihren Höhepunkt erreichen. Wir können für die Menschen nur hoffen, dass die Rivalität der Dämonen ihre Schlagkraft schwächt ... Ah, gleich sind wir am Ausgang.«

Der Korridor führte in eine unbenutzte Kammer, die mit Webstühlen, Bottichen und Tanks ausgestattet war. »Hier stellte man fleischfressende Kleidungsstücke her«, erklärte Leemb ihnen nun laut. »In den Bottichen wurden gefräßige fadenähnliche Organismen gezüchtet, die dann zu modischen Stoffen gewebt wurden. Das wäre ein weiterer schrecklicher Schlag gegen die Menschheit gewesen. Aber diese Organismen stellten sich als ungemein reizbar und kannibalistisch heraus. Die Kleidung fraß sich selbst auf, wenn sie eine Weile keinen Träger fand. Doch jetzt interessiert uns jene Öffnung dort.«

Leemb schritt auf ein Glasgitter in der Wand zu und entfernte es mit ein paar geschickten Bewegungen. Wieder spürten die vier das Verschwinden ihrer Ketten. Dann befahl Leemb ihnen, durch die Öffnung zu kriechen. Als sie auf der anderen Seite der Mauer herauskamen, erwartete der Erzengel sie bereits ohne seine Maskierung.

Sie sahen sich neugierig um. Hinter ihnen, erstaunlich weit hinter ihnen sogar, befand sich das riesige Lager, und vor ihnen, ganz nah und gewaltig, die Bäume von Simbilis' Barriere. Sie mussten einen Hang hochklettern, um zu ihnen zu kommen, denn sie wuchsen auf einer Kette nicht übermäßig hoher Hügel, deren Erde schwarz und fruchtbar und mit saftigem Gras bewachsen war. Sowohl Hügel als auch Bäume hatten ihr eigenes Tageslicht.

Die Pilger stiegen ehrfurchtsvoll zu den Bäumen empor. Über dem Dämonenlager war die unbewegte Luft schwarz, doch über den Baumriesen und, so viel sie durch die Zweige sehen konnten, auch dahinter, hing ein strahlend blauer Himmel.

Die vier glaubten einen schrecklichen Augenblick lang zu fallen, ehe sie feststellten, dass Leemb ihnen ihre normalen Beine zurückgegeben hatte.

»Bäume wie diese, wenn auch vielleicht nicht ganz so groß, habe ich schon gesehen«, sagte Gunnruck, »doch nie ein solches Licht. Ist es überall in Simbilis' Reich so hell wie hier? Ist es wahrhaftig ein einziger großer Garten, wie man sich erzählt?«

Leemb lächelte schwach. »Was ihr hinter der Barriere vorfinden werdet, wird euch noch öder und trostloser vorkommen als alles, was ihr bisher gesehen habt.«

»Was?«, rief Polderbag. »Verfügt der Erzzauberer nicht über so viel Macht, dass er sich eine angenehme Umgebung schaffen kann?«

»Ihr seid impertinent, Freund Polderbag«, tadelte ihn Mumber Sull. »Ganz gewiss reicht seine Macht dafür aus.«

»Simbilis hat sich nicht hierher zurückgezogen, um sich mit einer malerischen Szenerie zu umgeben«, belehrte sie Leemb. »Die Unbequemlichkeiten, denen ihr auf dem Weg hierher ausgesetzt wart und die durch die strikte Sparsamkeit Simbilis' bedingt waren, müssten euch doch bereits klargemacht haben, dass der Erzzauberer seine ganze Energie seinem großen Projekt widmet.«

Endlich hatten sie den Hügelkamm erreicht und standen zwischen den gewaltigen Stämmen. Vor ihnen, unter einer weiteren endlosen schwarzen Decke, erstreckte sich bis zum Horizont ein Gebiet weißer Dünen. Es war ein eigenartiges Gefühl für die Reisenden, diese bleiche Wüste vor ihnen zu sehen und doch selbst im strahlenden Sonnenschein zu stehen.

»Das ist Simbilis' Reich?«, fragte Cugel ungläubig.

»Ja«, erwiderte Leemb kurz.

»Und so leicht kann die Barriere überschritten werden?«

»Für uns nur, nicht für Simbilis' Feinde. Die Belagerer haben es schon lange aufgegeben, sie durchdringen zu wollen. Doch es gab eine Zeit, da gingen sie mit ätzenden Sprays und Feuer gegen die Bäume vor und schickten Kolosse von doppelter Größe ihrer Pflanzenzikkurate, um über sie hinwegzusteigen. Doch sie erreichten nichts, konnten nicht einmal ein einziges Blatt krümmen.«

Plötzlich schrie Gunnruck schrill auf. »Die Dünen! Sie heben sich!« Die Erde bebte unter ihren Füßen. In der Ferne rollte eine gewaltige Woge über den Sand und formte die bleichen Erhebungen und Mulden zu einer steilen Wand, die sich dem Hügel näherte, auf dem die fünf standen. Kurz davor brach sie in sich zusammen, und gleich darauf lag der weiße Sand wieder unbewegt vor ihnen, nur die Formation der Dünen hatte sich ein wenig verändert.

Die vier blickten den Erzengel erschrocken und fragend an.

»Diese Bewegungen haben einen Grund, den ihr noch erfahren werdet«, versicherte ihnen Leemb. »Sie sind nicht sehr häufig und zudem regelmäßig, außerdem werden sich erfahrene Navigatoren eurer annehmen. Ich rufe sie nun, damit ich mich wieder meinen anderen Pflichten widmen kann.«

Der Erzengel führte die vier bis zum Rand der Dünen hinunter. Polderbag bückte sich und stocherte mit dem Finger im Sand. Fluchend zog er ihn zurück. »Aber das ist ja Glas!«, rief er. »Die Dünen sind aus Glassplittern!«

»Das sind sie allerdings«, murmelte Leemb gleichgültig. Er hatte plötzlich ein Pfeifchen in der Hand, das er an die schattenhaften Lippen führte. Sie hörten ein Knirschen wie von Schlittenkufen im Schnee und sahen ein schiffähnliches Fahrzeug, das durch zwei Paddelräder angetrieben wurde. Im Heck saß eine klobige Gestalt, die das Steuerruder bediente. Das Schiff kam mit einem lauten Zischen vor ihnen zum Halt. Seine Paddelräder – die nur verschwommen zu erkennen gewesen waren, solange sie sich in Bewegung befunden hatten – stellten sich nun als Käfige heraus, die je ein Lebewesen enthielten, dessen schnelle Bewegungen für den Antrieb sorgten.

Leemb wandte sich befehlend an den Steuermann. »Diese vier müssen zu Simbilis gebracht werden.« Die Pilger stiegen an Bord und ließen sich im Bug nieder. »Lebt wohl«, rief Leemb ihnen noch nach. »Fragt nicht, wohin die Fahrt geht, denn das werdet ihr selbst bald genug sehen. Möge eure Audienz mit Simbilis eure Wünsche erfüllen.«

Mumber Sull nickte. »Wir danken Euch für Eure Hilfe, auch wenn sie sich in mancher Beziehung als anstrengend erwiesen hat. Wir hoffen auf eine baldige Rückkehr zur Oberwelt und die Bestrafung jener, die uns Unrecht zugefügt haben.«

Leemb schüttelte den Kopf. »Ist euch denn hier immer noch nicht bewusst geworden, welch gefährlicher Ort die Oberwelt bald werden wird? Ihr würdet es doch sicher nicht bedauern, wenn Simbilis euch nicht dorthin zurückversetzt?«

Alle vier erschraken über diese Andeutung. Sie wollten etwas darauf erwidern, doch Leemb gab dem Steuermann einen Wink, und dieser – ein Wesen ohne Beine, doch mit mächtigen Armen – stieß einen Befehl aus, und die Paddler setzten sich in Bewegung. Das Schiff brauste mit beachtlicher Geschwindigkeit davon.

Die beinlose Kreatur war ein wahrlich guter Steuermann. Sie vermied möglichst die höheren Dünen und nutzte die Abhänge, um Geschwindigkeit für die Hänge zu sammeln.

Die Besatzung des Schiffes stand allerdings nicht auf sehr gutem Fuß miteinander. Nachdem sie eine Weile gefahren waren, fragte der Steuermann den Backbordpaddler: »Weshalb bewegst du dich so schwerfällig? Du bist ein pflichtvergessener Faulenzer. Wenn Sirnbilis von hier weggeht und wir frei sind, wird es mir eine Wonne sein, dir den Hals umzudrehen.«

Der Paddler, oder vielmehr seine keuchende Stimme, war über das Pfeifen des Rades hinweg zu hören. »Das wird – dir nie – gelingen. Lort und ich – haben einen – Bund geschlossen – gegen dich.«

»Pah!«, sagte der Steuermann verächtlich. »Ein Bund der Nichtsnutze. Es wird mir ein Leichtes sein, euch zu töten, während ihr noch an eure Räder gefesselt seid.«

Der Paddler brummte etwas Unverständliches. Gunnruck und Polderbag schrien gleichzeitig auf. Eine haushohe Welle rollte von steuerbord herbei.

»Backbordpaddel, Beeilung!«, donnerte der Beinlose. »Steuerbordpaddel, Stillstand!« Er umklammerte das Ruder, während der Backbordpaddler so heftig arbeitete, dass sein Rad vor den Augen verschwamm und das Steuerbordpaddelrad stillstand. Das Schiff drehte sich kreischend und legte sich quer zur Welle, die es nun sanft hochhob und auf der anderen Seite wieder absetzte.

Kaum hatten sie die Gefahr überstanden, begann der Steuermann wieder zu schimpfen. »Unfähiger Trödler. Deine Langsamkeit kostete uns fast unser kritisches Momentum. Hast du schon vergessen, wie wir gegen eine Welle geschleudert wurden, weil wir nicht rechtzeitig wendeten? Sicher, ich war der Einzige, der bei dem Aufprall verwundet wurde, während dich dein Rad schützte. Doch deine verbrecherische Saumseligkeit wird nicht unbestraft bleiben. Wenn Simbilis erst fort ist, werde ich euch beide in euren Käfigen erwürgen und mir den Magen mit euren Kadavern vollstopfen.«

»Ihr spracht davon, dass Simbilis von hier fortgehen wird«, wandte sich Mumber Sull aufgeregt an den Steuermann. »Aus welchem Grund beabsichtigt er das? Wird er sich erheben und wieder die Herrschaft über die Oberwelt übernehmen?«

»Wir sind die Sklaven Simbilis', dazu verdammt, seine Fährleute zu sein«, zischte der Beinlose. »Doch zwingt uns nichts dazu, die neugierigen Fragen unserer Passagiere zu beantworten.«

»Wenn Ihr – Auskunft wollt – müsst ihr – dafür bezahlen«, warf der Steuerbordpaddler ein.

»Die einzige – Bezahlung – die wir – annehmen«, meldete sich nun auch der Backbordpaddler zu Wort,

»ist euer – Fleisch. Einer – eurer Finger – für jeden – von uns – pro Frage.«

»Welch abscheuliche Erpressung«, rief Mumber Sull entrüstet.

»Wir können warten, bis wir unser Ziel erreicht haben, um Antwort auf unsere Fragen zu bekommen«, vertröstete Gunnruck den Than. »Wenn ich die Andeutung Leembs richtig ausgelegt habe, besteht die Möglichkeit, dass man uns dort für immer behalten wird. Was meint Ihr dazu, ehrenwerter Than?«

»Diese Auslegung wäre möglich, Madame, aber das kann nicht die Bedeutung der Bemerkung des Erzengels gewesen sein. Simbilis wird uns sicher an jeden Ort versetzen, den wir selbst uns erwählen, das ist er mir für meine treuen Dienste schuldig.«

»Und mir für meine Dienste ebenfalls, hochwohlgeborener Than«, warf Cugel schnell ein.

»Habt ihr je schon bedacht, dass ein hoher Herr wie er vielleicht seine eigenen Ziele verfolgt und er die seiner Diener für nicht so wichtig wie seine eigenen erachten könnte?«, gab Gunnruck zu bedenken.

Mumber Sull wies diesen Gedanken weit von sich, doch diskutierten sie noch darüber, als sie vor sich etwas wie eine gewaltige schwarze Decke sahen, die über die weißen Dünen gebreitet zu sein schien. Auf sie hielten sie zu.

Beim Näherkommen bemerkten sie, dass die Decke nicht auf den Dünen lag, sondern sich etwas Riesiges, Ellipsoides von der Größe eines kleineren Berges darunter befand. Auch war es keine geschlossene Decke, sondern lose parallele Stränge, neben denen das Schiff anlegte.

»Das ist ja wie Haar!«, rief Polderbag, als er eine Handvoll der kabeldicken Stränge hochhob. Dann blickte er auf zu der abgerundeten Masse, was immer sie auch war, von der sie herunterhingen.

Die anderen drei folgten seinem Blick und sahen deshalb gleichzeitig etwas Helles, wie eine Sternschnuppe, die von der verhüllten Bergkuppe zu ihnen herunterschoss. Es stellte sich schließlich als eine riesige Wespe mit großen Flügeln heraus, ganz aus kristalliner Substanz. Die Membranen ihrer Flügel waren mit hauchdünnen farbigen Streifen durchzogen, aber ansonsten war die Wespe glasklar. Geschickt klaubte sie die vier Pilger aus dem Schiff. Sie waren zwar sehr erschrocken, hingen jedoch sicher, ja fast bequem in den vier Hakenklauen des Rieseninsekts, das kerzengerade mit ihnen emporschoss.

»Ich muss schon sagen«, schrie Polderbag entrüstet, »dass Simbilis wenig Rücksicht auf die Gefühle seiner Besucher nimmt.«

»Es steht uns nicht zu, die Methoden eines Großen in Frage zu stellen, der so viel weiter sieht als unsereins«, tadelte Mumber Sull.

Bald näherten sie sich der Kuppe des eingehüllten Berges. Die Wespe flog darüber hinweg und beschrieb einen hohen Bogen über einem blassen Schräghang, der aus einer bleichen, leicht genarbten Substanz bestand. Er endete in einiger Entfernung an einer hohen Hecke aus schwarzem Material, mit einer Unterbrechung in der Mitte, durch die ein blasser Vorsprung der gleichen Substanz wie der Schräghang zu sehen war. Rechts von diesem Vorsprung war die ganze Seite aus einer nicht näher ersichtlichen Lichtquelle unterhalb der Hecke beleuchtet, sodass die Einzelheiten deutlich zu erkennen waren.

»Bei allen guten Geistern!«, stieß Gunnruck hervor. »Das ist ja ein Gesicht!«

Die anderen hatten es gleichzeitig bemerkt und hingen wie erstarrt im Griff der Wespe, während allmählich die Stirn hinter ihnen zurückblieb. Als sie die dunkle Hecke der Brauen überquerten, kamen sie direkt über die Lichtquelle – die rechte Augenhöhle. Sie war mit einem schwarzen See gefüllt, in dem eine beleuchtete Plattform schwamm. Die linke Augenhöhle war ein schwarzer Abyssus, aber die hervorspringenden Merkmale des restlichen Gesichts waren durch das Licht aus dem rechten Auge erkennbar.

Unterhalb des bleichen Kinns war nichts zu sehen, obgleich die vier mehrere Augenblicke Zeit hatten, sich umzublicken, ehe die Wespe sich auf die Plattform herabsenkte.

»Ein Titan!«, murmelte Mumber Sull. »Kann es sein, dass Simbilis den Körper dieses Giganten bewohnt?«

»Vielleicht überwältigte er diese Kreatur im Kampf«, meinte Cugel, »und nachdem er sie unschädlich gemacht hatte, benutzt er sie als sein Domizil.«

»Aber was hätte er dazu für einen Grund?«, zweifelte Gunnruck.

»Nur der Kopf ist sichtbar«, berichtigte Polderbag. »Deshalb wäre es möglich, dass Simbilis nur den Schädel des Riesen bewohnt.«

»Beide dieser Hypothesen würden an dem gesunden Verstand des Zauberers zweifeln lassen«, protestierte Gunnruck.

Als sie sich der runden Plattform auf dem dunklen See näherten, sahen die Pilger eine Gestalt dort sitzen und bemerkten auch, dass das Licht um die Plattform von mehreren Kugeln kam, die in der Luft schwebten.

Die Wespe setzte sie einige Meter von der sitzenden Gestalt ab und verschwand in der Dunkelheit. Die Pilger schritten vorsichtig auf die Gestalt zu.

Es war ein alter Mann, der nicht auf der Plattform, sondern in der leeren Luft darüber saß, etwa wie ein Zeichner auf einem hohen Hocker, der sich über seine Arbeit beugt. Und wirklich, mehrere Karten waren vor ihm ausgebreitet – schräg, als lägen sie auf einem Zeichenbrett, doch auch sie hielt nichts Sichtbares. Die vier blieben schweigend in der Nähe stehen und warteten, bis der Alte seinen Blick von den Karten hob.

Als er es tat, sahen sie, dass er kaum größer als ein Zwerg war, mit Beinen kaum weniger krumm als die eines Kobolds. Sein Schädel wirkte verhältnismäßig groß, und ein dichter Kranz weißen Haares, das bis zu den Schultern reichte, umringte eine glänzende Glatze.

Etwas an ihm fiel besonders auf: Die Iris seiner großen Augen glitzerte in allen Regenbogenfarben. Blickte man in sie, hatte man das Gefühl, dass sie ständig die Farben wechselte, außerdem, was die Wirkung noch hypnotischer machte, waren die Augen nicht aufeinander abgestimmt.

»Ihr alle«, sagte der Zwerg mit pfeifender, durchdringender Stimme, »kommt zu mir aus Machtdurst.«

»Wie? Ihr seid Simbilis?«, fragte Mumber Sull erstaunt.

»Der bin ich.«

»Verzeiht, mein Lehnsherr«, sagte der Than hastig. »Wir haben einen weiten Weg hinter uns und zweifelten schon fast, dass wir Euch je finden würden.«

Der Zauberer nickte und fuhr trocken fort: »Ich habe gesagt, ihr kommt alle, um Macht zu suchen. Drei von euch denken dabei auch an ihre Rache. Nur zwei von euch könnte man als ehrlich bezeichnen, und einer von diesen zweien ist, wie es häufig vorkommt, ein Narr. Trotzdem heiße ich euch willkommen und fordere euch auf, mir euer Begehr vorzutragen. Lasst euch jedoch bereits jetzt gesagt sein, dass ich meine eigenen Ziele verfolge und mich nur nach ihnen richten kann, wenn ich über euer weiteres Geschick verfüge.«

Alle außer Mumber Sull fanden diese letzte Bemerkung ominös. »Unübertrefflicher Herr und Meister«, sagte der Than, »wer immer auch der Narr sein mag, den Ihr erwähntet, lasst mich Euch versichern, dass er guten Willens ist. Ich lege für alle drei meiner Begleiter die Hand ins Feuer, auch wenn vielleicht jeder von ihnen seine kleinen Schwächen hat. In mir, mein Lord, erkennt Ihr sicher einen Eurer eigenen Vasallen der Stadt Icthyll.«

»Deshalb die merkwürdige Deformation Eures linken Ohrlappens«, brummte Simbilis und lehnte sich zurück, als säße er in einem bequemen Sessel. »Ich erinnere mich jetzt auch wieder. Icthyll, ist das nicht ein Städtchen an der Küste der Imlacsee?«

»Der See von Cutz, mein Lord.«

»Stimmt. Nach jenem ersten Krieg ...«

»Die Kriege des achtzehnten Äons, mein Lord. Ich machte es zu meiner Mission, Euch, allergrößter Herr, zu berichten, dass einer Eurer Verbündeten dieses Krieges – oder vielmehr dessen Nachkomme – auf unverschämte Weise seine Machtbefugnisse überschritt, die zu jener lange zurückliegenden Zeit festgelegt wurden.«

»Eine wahrhaft lange zurückliegende Zeit. Es dürfte demnach das Haus Pandu Slayes sein, das sich dieses Übergriffs, von dem Ihr sprecht, schuldig gemacht hat.«

»So ist es, mein Lord. Er hat gewagt, in Euer Hoheitsgebiet einzudringen und die Regierungsgewalt über Icthyll zu ergreifen.«

Simbilis lächelte. »Natürlich wollt Ihr dorthin zurückkehren, und zwar mit ausreichender Macht, um die Usurpatoren zu vertreiben.«

Ehe Sull noch den Mund öffnen konnte, wandte sich Simbilis an Gunnruck. »Und Ihr, Madame? Tretet näher und lasst mich Eure Wünsche hören.«

»Ich möchte an einen Ort, wo es möglich ist, noch in Sicherheit zu leben. Und dazu hätte ich gern eine ausreichende Barschaft, um ein sorgloses Dasein führen zu können. Ihr sagtet, wir alle suchten Macht, doch ich persönlich begehre nur das.«

»Ihr sprecht ohne Überlegung, Madame«, gab Simbilis zu bedenken. »In einer Zeit wie dieser lebt der Großteil der Menschheit nicht in Reichtum, sondern durch seiner Hände Arbeit und im Schatten eines gewaltsamen Todes. Indem Ihr mich um ausreichende Mittel und Sicherheit bittet, verlangt Ihr die Kraft zu leben – etwas, das selten und nur schwer zu bekommen ist.«

»Reine Sophisterei«, erwiderte Gunnruck. »Nun, ich glaube, ich bin durchaus in der Lage, für meine Bedürfnisse selbst zu sorgen.«

Simbilis nickte. »Natürlich. Und es entspricht meinen eigenen Bedürfnissen, den Bedürfnissen meines Werkes, dass ich über Euer Geschick und das Eurer Begleiter bestimme.«

»Welches Werk ist das, mein Lord?«, erkundigte sich Mumber Sull.

Simbilis lächelte nun ganz offensichtlich, und die Farben seiner Iris wechselten noch viel schneller, offenbar ein Zeichen seiner Erheiterung. Er blickte auf die zerfranste Barriere der Augenbrauen des Titanen – eine düstere Wand aus verwirrenden Schatten am Ufer des dunklen Sees.

»Das Werk, das mein Lebensziel ist, geschätzter Than, umgibt uns. Wir treiben auf dem See visuellen Lebenssafts, der die Höhle dieses noch nicht fertig gestellten rechten Auges füllt. Die Augen werden übrigens lidlos sein, denn das Wesen wird keinen Schlaf kennen.«

»Dieser Titan ist demnach Euer Geschöpf?«, staunte Sull.

»Mein Lebenswerk, wie ich bereits sagte. Seit Äonen arbeite ich daran. Von allen Dingen auf der Erde sind Fleisch und Blut am schwierigsten herzustellen. Doch endlich nähert es sich seiner Fertigstellung. Seine gewaltigen Flügel liegen begraben unter dem Glas – sie dienen auch als Segel, die vom Sternenschein angetrieben werden können. Sein Herz schlägt noch unsagbar langsam, ehe es erweckt wird – sonst wäret ihr bedeutend größeren Flutwellen ausgesetzt gewesen.«

Obgleich das Thema des Giganten wirklich faszinierend war, erachtete Cugel doch seine eigenen Probleme für wichtiger, für ihn zumindest. »Allerhöchster Herr«, meldete er sich ungebeten zu Wort. »Ihr seid gewiss bereits ungeduldig, mein Begehr zu erfahren. Ich werde es Euch in aller Kürze dar...«

»Das ist nicht nötig«, unterbrach ihn Simbilis. »Sowohl Ihr als auch Euer wohlbeleibter Gefährte möchten schnellstmöglich an die Oberwelt zurück, wo jeder von euch sich an einem Zauberer rächen will. Der Zauberer, dem Eure Vendetta gilt, ist ein unbedeutender Bursche von keinem großen Wert, im Gegensatz zu jenem, auf den Euer Kamerad es abgesehen hat. Von diesem kleinen Unterschied abgesehen, gleicht Ihr und er Euch erstaunlich in allem, was eure Ziele und Ethik betrifft. Ich werde euch beiden eure Wünsche teilweise erfüllen, denn ihr habt dazu beigetragen, mir zwei wertvolle Additionen für meinen Titanen hierherzubringen. Ich werde euch auf die Oberwelt zurückversetzen, an einen Ort, den ihr selbst euch aussuchen dürft. Der Than und die Dame werden jedoch in meinem Giganten verweilen.«

Die vier Pilger starrten ihn sprachlos an. Simbilis lächelte. »Schaut mich nicht so entsetzt an. Meine Absichten sind durchaus gut gemeint. Doch im Augenblick, glaube ich, wäre eine kleine Erfrischung angebracht. Eure Reise war ganz sicher sehr anstrengend.«

Mit einer Handbewegung versetzte der Erzzauberer die vier in die Luft, einen Meter oder so über der Plattform. Die Luft trug sie in jeder Stellung, die sie annahmen. Obgleich sie sich zuerst unbehaglich fühlten, gewöhnten sie sich doch schnell daran und machten es sich bequem wie auf den weichsten Sesseln. Diener erschienen mit Körben voll weißem und braunem Brot. Kobolde schenkten gekühlten Nektar in Gläser, während ein vierarmiger Butler Geflügel, kalten Braten und Käse mit Nüssen gespickt anbot. Die Reisenden widmeten sich voll Genuss dem köstlichen Imbiss, während Simbilis sie lächelnd beobachtete.

Endlich waren sie satt. Nun wandte sich Gunnruck an den Erzzauberer. »Lord Simbilis«, sagte sie. »Es gibt keinen Platz auf Erden, den ich bedauern würde, nicht mehr wiederzusehen. Es würde mir nichts ausmachen, hier eingesperrt zu sein, wenn ich erst wüsste, welcher Art meine Existenz hier sein wird.«

»Eine sehr vernünftige Einstellung«, lobte Simbilis. »Und Ihr, geschätzter Than? Teilt Ihr sie?«

Mumber Sull hatte bereits ein paar Minuten überlegt. Nun erwiderte er entschlossen: »Es ist schwer, mein Lord, sein Heim, sein Land, für immer zurücklassen zu müssen. Gewiss erinnert auch Ihr Euch an die Schönheit Icthylls.«

»Ist die Stadt wirklich so reizvoll, dass Ihr zurückkehren und selbst die Herrschaft der Slayes in Kauf nehmen würdet?«

»Diese Demütigung ertrüge ich nie!«

»Dann glaubt nicht, dass ich Euch, indem ich Euch hier behalte, einem unangenehmen Geschick aussetze. Ich biete Euch eine Alternative zu einem unerträglichen Leben, wie Ihr selbst sagt. Und behauptet Ihr nicht schließlich, mein Vasall zu sein?«

Sull verbeugte sich. »Ich lehne mich nicht gegen Euren Willen auf, mein Lord. Aber ich kann den Gedanken nicht unterdrücken, wie einfach es doch für Euch wäre, diesen anmaßenden Slaye auf seinen Platz zu verweisen. Bedeuten Euch denn Eure Besitztümer auf der Erde nichts mehr, mein Lord?«

»Absolut nichts. Ich habe euch bereits erklärt, dass meine einzige Sorge diesem Giganten hier gilt. Ich geize mit jeglichem Kraftaufwand, der nicht für ihn ist, und gestatte nur noch, dass ein kleiner Teil der Energie für die Befreiung von Gefangenen verwendet wird, die als neues Material für die Seele des Titanen dienen könnten. Er ist zwar schon fast fertig gestellt, aber diesen Aspekt des Giganten kann man nie als absolut komplett betrachten.«

»Wie ist es möglich«, staunte Mumber Sull, »dass befreite Gefangene zur Erweiterung der Seele des Titanen beitragen können?«

»Der Gigant ist eine Schatzkammer menschlicher Erfahrungen«, erklärte Simbilis. »Im Augenblick des natürlichen Todes eines Befreiten verbindet sich sein Geist mit dem des Giganten. Sein gesamtes Leben, wie es sein Gehirn registriert hat, wird eins mit den Erinnerungen des Titanen. Im Kurs der Gedanken des Riesen wird jede solche Person auferweckt, wird wieder leben, während zahlloser Gelegenheiten durch endlose Zeiten. Es ist eine Art Unsterblichkeit, mein lieber Than, die ich Euch auferlege. Was das Leben betrifft, das Ihr als Mitarbeiter an dem Giganten führen würdet, nun, es ist sehr angenehm. Drei Stunden leichter Arbeit pro Tag wird durch freien Zugang zur Erinnerung des Titanen belohnt.«

»Seiner Erinnerung?«, fragte Gunnruck. »Welche Art von Ort ist dies?«

»Ein Ort von außerordentlicher Verschiedenheit sogar, denn ich bin mir nicht ganz sicher, ob sein Geist nicht bereits begonnen hat, eigene Träume zu träumen, die natürlich zu seiner Erinnerung beitragen würden. Auf jeden Fall aber gab ich ihm eine solche Vielzahl, wie man sie sich kaum vorstellen kann. Es ist wahrhaftig eine Schatzkammer aller Zeiten. Durch seine Erinnerung zu wandern, bedeutet, schwerelos Tausende von Leben zu führen, sich in bisher unbekannten Sprachen zu unterhalten und unter einer anderen Sonne zu wandeln, deren Licht dereinst ein leuchtendes Gold gewesen ist. Natürlich sind alle, die die Erinnerung betreten, durch psychische Bande gesichert, damit man sie am Ende der Vereinigungsspanne wieder herausholen kann. Denn alle, außer dem erfahrensten ›Taucher‹, sind so vertieft in den Erinnerungen des Giganten, dass sie nicht von allein daran denken, zurückzukehren.«

Simbilis blickte Mumber Sull fragend an. Der Than schwieg, er hatte die Augen gesenkt und die Zähne zusammengebissen.

Der Erzzauberer fuhr fort: »Ich weiß, wie sehr man an einem Zuhause hängen kann. Ich selbst hatte viele, und es ist mir nicht immer leicht gefallen, sie zu verlassen. Doch Ihr dürft die Augen nicht vor den Tatsachen verschließen. Ihr könnt unter Slaye nicht in Icthyll leben, das behauptet Ihr jedenfalls. Und ich habe nicht die Absicht, ihn von dort zu verweisen. Meine irdischen Besitzungen, über die sich bald das ewige Eis schließen wird, nachdem die Sonne für immer erloschen ist, bedeuten mir nichts mehr. Aus diesem Grund habe ich den Giganten erschaffen. Sobald die Sonne gestorben ist, wird er sich erheben und sich einen Weg durch die eisige Atmosphäre bahnen, aus dem toten Ei, das dieser Planet sein wird, und wird durch das All auf der Suche nach einer neuen Welt ziehen. Ihr seht also, all meine Bemühungen dienen ausschließlich dem Verlassen dieses meines Reiches, das Ihr für mich zu erhalten wünscht.«

»Aber warum müsst Ihr denn die Welt im Stich lassen?«, fragte Sull. »Hat sie uns nicht treu gedient? Könntet Ihr Eure Fähigkeiten, Eure Macht, nicht dazu benutzen, der Sonne neue Kraft zu geben, oder etwas in dieser Hinsicht?«

Simbilis schüttelte den Kopf. »Alles muss einmal sterben. Die Erde ist unendlich alt, und ihre Zeit ist gekommen. Sie musste ungeheuerliche Verbrechen erdulden und hat ihre eisige Ruhe verdient.«

»Ihr sprecht von der Sterblichkeit alles Irdischen«, warf Gunnruck ein. »Beabsichtigt Ihr denn nicht, den Giganten und Euch von diesem Geschick auszuschließen? Ist der Titan nicht Euer Werkzeug, um Euch zu ewigem Leben zu verhelfen? Werdet nicht Ihr es sein, der eigentlich seinen Willen beherrscht und als seine Intelligenz dient?«

Simbilis schüttelte den Kopf. »Wenngleich der Titan für viele Äonen geschaffen ist, so stirbt doch auch er einmal. Er ist ein Hermaphrodit und wird nicht ohne Nachkommen sein. Aber seine eigene Persönlichkeit, seine eigenen Erinnerungen werden sterben, und ich mit ihnen. Und was Eure zweite Bezichtigung betrifft, nun, im Augenblick meines Todes wird auch mein Geist mit der Erinnerung des Giganten verschmelzen, und von diesem Moment an werde ich auf genau die gleiche gelegentliche Weise existieren wie Ihr und der ehrenwerte Than. Der Titan wird sich an mich als seinen Schöpfer erinnern. Aber Ihr müsst wissen, in der Erschaffung seiner Seele habe ich neue Kombinationen bewirkt. Der Titan wird über Fähigkeiten und Intelligenz verfügen, die meine bei weitem übersteigen. Sein Geist wird völlig unabhängig sein, und der einzige Zwang, den ich ihm auferlegte, ist, dass er in den Raum fliehen und eine neue Welt suchen muss.«

Wieder richtete Simbilis den Blick auf Mumber Sull. Der Than sah ein, dass er eine Antwort nicht länger hinausschieben konnte. »Es steht mir nicht zu, Eure Entscheidung in Frage zu stellen. Indem ich mein Amt und die damit verbundene Macht in Eurem Namen ausführte, habe ich Eure Autorität anerkannt.«

»Ausgezeichnet. Die Stellung, die ich für Euch vorgesehen habe, schließt die Verantwortung für eine kleinere Zahl von Untergebenen und deren Beaufsichtigung ein. Ich hoffe, das würde Euch nicht missfallen?«

Erst jetzt lockerte sich Sulls verbissene Miene, und sein Gesicht leuchtete auf. »Ich stehe Euch völlig zu Diensten, mein Lord«, erklärte er. Er verbeugte sich tief.

Simbilis wandte sich nun an Cugel und Polderbag. »Alles, was ich jetzt noch zu wissen begehre, ist, wohin ihr, meine Herren, gern gebracht werden möchtet. Ich werde euch mit ausreichenden Mitteln ausstatten, dass ihr in einer größeren Stadt ein ganzes Jahr lang gut leben könnt. Also, wohin wollt ihr? Sagt es mir schnell, ich möchte mich wieder meinen Karten widmen.«

»Allerhöchster Lord«, sagte Cugel. »Eure Worte über die Oberwelt hinterließen ein großes Unbehagen in mir. Erwartet Ihr denn den Tod der Sonne schon in Kürze?«

»Ich kann nicht in der Zukunft lesen. Meine Berechnungen deuten nicht darauf hin, dass Ihr nicht schon vor ihr sterben könntet, denn das Leben auf der Oberwelt bietet den Tod auf viele Arten, und jene, die meine Festung belagern, erfinden täglich neue.«

»Ihr malt die Aussichten, dorthin zurückzukehren, in immer düstereren Farben«, warf Polderbag ein. »Ich bin ein Mann von großer Vorstellungskraft. Die Freuden des Erinnerungstauchens im Giganten würde mir gewiss zusagen. Gestattet mir einen Antrag auf Aufnahme im Team Eurer Arbeiter.«

»Es tut mir leid. Der Than und die Dame verfügen über nicht alltägliche Moralmuster und stellen eine wertvolle Bereicherung der Seele des Titanen dar. Was euch betrifft, nun, ich befürchte, der Gigant ist bereits mit ausreichenden Charakterschablonen eurer Art ausgestattet. Ihr würdet mir und euch selbst Verlegenheit ersparen, wenn ihr diese Frage nicht weiter erörtert. Habt jetzt die Güte, mir zu sagen, wohin ihr wollt.«

Cugel und Polderbag blickten einander an. Polderbag sagte: »Schon lange erkannte ich eine Übereinstimmung zwischen uns, die mir verrät, dass sich eine Partnerschaft als recht fruchtbar erweisen könnte.«

»Auch ich, mein teurer Polderbag, hege schon lange dieselben Gedanken. Da es so aussieht, als müsste ich jegliche Hoffnung begraben, den schurkischen Iouconnou bestrafen zu können, bin ich frei für andere Unternehmungen. Was haltet Ihr für den besten Ort, ein Geschäft aufzubauen?«

»Ich kenne keine Stadt, die vielversprechender ist als Millions Gather. Wie seht Ihr die Aussichten in Eurer Heimaststadt?«

»Oh, auch in Almery blüht der Handel, aber was ich von Millions Gather während meines kurzen Aufenthalts gesehen habe – nun, ich glaube, dass unsere Chancen dort größer sind.« Cugel wandte sich an Simbilis. »Wir möchten gern nach Millions Gather versetzt werden, mein Lord. Und wäre es nicht möglich, dass Ihr das uns so großzügig gewährte Stipendium noch ein klein wenig erhöht?«

»Es bleibt, wie ich es euch versprach. Doch nun muss ich mich beeilen. Meine Arbeit ruft. Wollt ihr noch ein paar Worte des Abschieds wechseln?«

Cugel lächelte und drehte sich zu Mumber Sull um. »Unsere Wege trennen sich, ehrenwerter Than.«

Sull nickte. »Unsere Verbindung war im Großen und Ganzen recht erfreulich. Ich werde mich gern daran erinnern.«

»Genau wie ich. Doch ermöglicht es mir, hochverehrter Than, diese Erinnerungen immer wach zu halten. Gebt mir ein dauerndes Andenken an unsere gemeinsamen Abenteuer – das Amulett vielleicht, das, wie Ihr sicher nicht vergessen habt, ursprünglich ich für uns gewann.« Mumber Sull hatte verlangt, dass er es ihm aushändige, nachdem sie das Haus auf dem Schluchtrand verlassen hatten.

Der Than nickte steif. »Ihr habt recht. Ich habe hier keinen Bedarf dafür.« Er gab es seinem ehemaligen Lehnsmann.

Cugel steckte es ein und sagte Gunnruck ein wenig kühl Lebwohl, denn er hatte das Gefühl, dass sie über ihre Trennung durchaus nicht traurig war. Polderbag flüsterte etwas in ihr Ohr, das sie erröten ließ. Dann stellten sich Cugel und Polderbag auf Simbilis' Geheiß an den Rand der Plattform und blickten in die Höhe. Die Schwärze über ihnen wurde plötzlich zu einem blendenden Grün, das sie an sich zog. Ein Schwindelgefühl übermannte sie, und als es nachließ, stellten sie fest, dass sie auf dem Platz vor Steeps Jaw standen.

Im purpurnen Glühen der Abendröte lag die Stadt unter ihnen. Reger Betrieb herrschte am Eingang zur Unterwelt. Zwei Zombies schritten an ihnen vorbei und musterten sie misstrauisch, ehe sie im Zollhaus verschwanden. Ihr grässlicher Gestank hing noch eine ganze Weile in der Luft.

Cugel und Polderbag blieben still stehen, bis sich das Grün der Wälder in dem weiten Tal mit den Schatten der Nacht vermischte, und die Farben der Hausdächer das Grau des Abends annahmen.

Cugel gewann als Erster seine Fassung wieder. Er blickte an sich hinunter und sah, dass er reich gekleidet war. Er trug eine Tunika aus purpurner Wolle, Beinkleider aus Leder, ein Wams aus weichem Pelz, einen wallenden Umhang und einen Hut mit Federbusch. Von seinem Gürtel hingen ein kostbares Schwert und ein Lederbeutel, prall mit Münzen. Mit einem Fluch registrierte er jedoch, dass die Skubbastücke und das Gold, das er Verdulga abgenommen hatte, verschwunden waren. Also würde er wohl oder übel mit Simbilis' Gabe auskommen müssen.

Er drehte sich um und stellte fest, dass Polderbag wie er ausgestattet war. »Die erste Frage, mit der wir uns beschäftigen müssen, mein lieber Polderbag«, sagte er, als sie eine krumme Straße in Suche nach einer Herberge herunterstiegen, »ist: Wie wollen wir unser Gold am gewinnbringendsten anlegen?«

Bei Fanpro erschienen unter anderem folgende Titel

ATLAN — ISBN 978-3-89064-

Totentaucher	Wim Vandemaan	1. Roman	486-8
Die acht Namenlosen	Christian Montillon	2. Roman	487-5
Befreiung in Camouflage	Michael M. Thurner	3. Roman	488-2
Die Psi-Kämpferin	Achim Mehnert	4. Roman	171-3
Das Sphärenrad	Rüdiger Schäfer	5. Roman	172-0
Acht Tage Ewigkeit	Michael H. Buchholz	6. Roman	173-7
Das Relikt der Macht	Hans Kneifel	7. Roman	174-4
Im Bann der Gatusain	Achim Mehnert	8. Roman	175-1
Der Traum des Navigators	Rüdiger Schäfer	9. Roman	176-8

SHADOWRUN — ISBN 978-3-89064-

Chromscherben	M. A. Stackpole	Anth.	550-6
Shadowrun – Die 6. Welt	Hrsg. T. Hamelmann	Reader	540-7
Wiener Blei	Leo Lukas	41. Roman	555-1
Nachtstreife	Björn Lippold	46. Roman	558-2
Auf dem Sprung	Harri Aßmann	49. Roman	567-4
Töne der Unendlichkeit	Harri Aßmann	50. Roman	569-8
Elementares Wissen	Harri Aßmann	52. Roman	570-4
Die Anfänger	Ivan Nedic	54. Roman	572-8
ASH	Lara Möller	57. Roman	574-2
Pesadillas	Maike Hallmann	58. Roman	575-9
Vertigo	Maike Hallmann	59. Roman	581-0
Hand am Hort	Sebastian Schaefer	60. Roman	583-4
Flynns Weg	Lara Möller	61. Roman	585-8
Shelley	André Wiesler	62. Roman	580-3
Matrixfeuer	Hrsg. Beck / Hallmann	63. Anth.	587-2
Born to Run	Stephen Kenson	64. Roman	564-3
Im Namen des Herrn	André Wiesler	65. Roman	594-0
Quickshot	Lara Möller	66. Roman	595-7
Giftmischer	Stephen Kenson	67. Roman	565-0
Wiedergänger	Maike Hallmann	68. Roman	593-3
Feuerzauber	André Wiesler	69. Roman	519-3
Im Fadenkreuz	Petra Prinz	70. Roman	543-8

Kettenhund	Alexander Wichert	71. Roman	548-3
Fallen Angels	Stephen Kenson	72. Roman	549-0
GmbH	Christian Riesslegger	73. Roman	463-9
Machtgelüste	Jason M. Hardy	74. Roman	484-4
Cash Flow	Christian Riesslegger	75. Roman	483-7
Böses Erwachen	André Wiesler	76. Roman	473-8
Der Schattenlehrling	Boris Koch	77. Roman	482-0
Aftershocks	J. Raabe / J. Helfers	78. Roman	485-1
Fatimas Tränen	Alex Wichert	79. Roman	513-1
Für eine Handvoll Daten	Stephen Dedman	80. Roman	571-1
Flammenmeer	Jan-Tobias Kitzel	81. Roman	497-4
Digitaler Albtraum	Thorsten Hunsicker	82. Roman	123-2

CLASSIC BATTLETECH ISBN 978-3-89064-

Schrapnell	Hrsg. M. Immig	Anth.	551-3
Wahnsinn & Methode	Michael Diel	1. Roman	592-6
Clangründer: Abkehr	Randall N. Bills	2. Roman	596-4
Schwert und der Dolch	Ardath Mayhar	3. Roman	425-7
Über dem Gesetz	Michael Diel	4. Roman	517-9
Clangründer: Traum	Randall N. Bills	5. Roman	597-1
Die Albatros-Akte	Reinhold H. Mai	6. Roman	526-1
Warrior: En Garde	Michael A. Stackpole	7. Roman	545-2
Warrior: Riposte	Michael A. Stackpole	8. Roman	546-9
Warrior: Coupé	Michael A. Stackpole	9. Roman	547-6
Früchte voll Bitterkeit	Ritter &Schreiber	10. Roman	458-5
Katze unter Bären	Arous Brocken	11. Roman	490-5
Clanwächter	Arous Brocken	12. Roman	491-2
In Ungnade	Chris Hartford	13. Roman	475-2
Mission Kiamba	Arous Brocken	14. Roman	493-6
En Passant	Michael Diel	15. Roman	479-0
Duo Infernale	Carolina Möbis	16. Roman	498-1
Karma	Bernard Craw	17. Roman	454-7

DAS SCHWARZE AUGE ISBN 978-3-89064-

Magische Zeiten	Hrsg. Momo Evers	Reader	516-2
Dämmerung	Ulrich Kiesow	55. Roman	459-2
Das Greifenopfer	Thomas Finn	62. Roman	544-5

Das Dämonenschiff	Harald Evers	74. Roman	568-1
Kompanie der Verdammten	Manuel Krainer	75. Roman	562-9
Der Tag des Zorns	Daniela Knor	76. Roman	573-5
Der Schandfleck	Andre Helfers	77. Roman	582-7
Den Göttern versprochen	Charlotte Engmann	78. Roman	579-7
Unsterblicher Traum	Patricia Renau	79. Roman	588-9
Blaues Licht	Daniela Knor	80. Roman	589-6
Spielsteine der Götter	Heike Wolf	81. Roman	591-9
Rabengeflüster	Wichert/Jäcke/Wolf	82. Roman	515-5
Thronräuber	Alexander Lohmann	83. Roman	512-4
Todeswanderer	Yvonne Gees	84. Roman	518-6
Roter Fluss	Daniela Knor	85. Roman	514-8
Todgeweiht	Markus Tillmanns	86. Roman	523-0
Dunkle Tiefen	Daniela Knor	87. Roman	538-4
Maraskengift	Markus Tillmanns	88. Roman	457-8
Unter Aves' Schwingen	Hrsg. Momo Evers	89. Band	460-8
Goldener Wolf	Linda Budinger	90. Roman	542-1
Sieben Winde	Matthias A.W. Ott	91. Roman	461-5
Der Zugvogel	André Fomferek	92. Roman	468-4
Haldinger-Saga I: Glut	Daniela Knor	93. Roman	472-1
Der Hofmagier	Ludwig / Wachholz	94. Roman	476-9
Der Feuertänzer	Ludwig / Wachholz	95. Roman	489-9
Hohenhag	Dietmar Preuß	96. Roman	494-3
Satinavs Auge	Tobias Radloff	97. Roman	495-0
In den Nebeln Havenas	Daniel Jödemann	98. Roman	496-7
Answin I: Macht	Michelle Schwefel	99. Roman	499-8
Über den Dächern Gareths	Stefan Schweikert	100. Roman	226-0

HARDCOVER ISBN 978-3-89064-

Sturm über Windhaven	Martin & Tuttle	Roman	531-5
Die Flamme erlischt	George R. R. Martin	Roman	530-8
Dead Man River	George R. R. Martin	Roman	529-2
Die »Eis und Feuer«-Saga:			
Eisenthron	George R. R. Martin	1. Roman	532-2
Königsfehde	George R. R. Martin	2. Roman	533-9
Schwertgewitter	George R. R. Martin	3. Roman	534-6

WEITERE TITEL

ISBN 978-3-89064-

Cugels Irrfahrten	Jack Vance	Roman	462-2
Das Voynich-Rätsel	Florian F. Marzin	Roman	541-4
Vor Adam	Jack London	Roman	524-7
Am Anfang war das Feuer	J. H. Rosny	Roman	525-4
Der große Heliumkrieg	M.A. Stackpole u. A.	Anth.	563-6
Lexikon der Fantasy-Literatur	Hrsg. Alpers u. A.		566-7
Cugel in der Unterwelt	Michael Shea	Roman	470-7

Dies ist eine Bibliographie und kein Verzeichnis lieferbarer Titel. Es ist leider nicht möglich, alle Titel vorrätig zu halten.
Sollten Sie Fragen haben, kontaktieren Sie uns bitte unter

Fantasy Productions GmbH
Postfach 1517
40675 Erkrath
www.fanpro.com